3

Souvenez vous de Berthe et pardonnez
a sa malheureuse fille qui implore votre pitié.

BERTHE

ET

RICHEMONT,

NOUVELLE HISTORIQUE,

Par l'Auteur de Maria, et d'Antoine
et Jeannette.

Sicelides Musæ , paulò majora canamus.

VIRGIL.

TOME TROISIEME.

A PARIS,

Chez Roux , Libraire, Palais du Tribunat,
galerie du Théâtre – Français.

AN IX. — 1801.

I

BERTHE

ET

RICHEMONT.

CHAPITRE XV.

A PEINE l'étranger avait achevé son récit, qu'un des domestiques du Comte entra pour l'avertir qu'ayant traversé le bois en revenant du bourg où il était allé faire quelques emplettes, il avait trouvé un cheval de selle tout harnaché, qui errait à l'aventure, et qu'il venait de ramener

3.   A

avec lui. Le jeune inconnu le désigna de manière à prouver qu'il lui
appartenait, et cette circonstance,
si le Comte avait pu avoir encore
des doutes sur sa personne, aurait
suffi pour le rassurer entièrement,
en confirmant la vérité de son récit,
avec lequel elle était parfaitement
d'accord.

Le premier soin du Comte fut
de faire une visite exacte dans le
souterrain, pour s'assurer si, par
un effet du hasard, les brigands
n'avaient pas suivi les traces de
l'étranger, et ne s'y étaient pas
cachés dans quelque mauvais des-
sein. Ils prirent des flambeaux, et
après avoir fait les perquisitions les

plus exactes, ils se convainquirent qu'il n'y avait rien à craindre de ce côté. Pour plus de sûretè, le Comte ferma les grilles de manière à ne pas les redouter; dans le cas où ils pourraient y pénétrer. Ce qui acheva de le rassurer, c'est que l'inconnu n'avait pu y parvenir que par une espèce de miracle, et qu'il y avait tout lieu de croire que tout autre que lui ne se hasarderait pas à tenter une pareille entreprise. Dès qu'il eut terminé sa recherche, le Comte s'empressa de venir rassurer Berthe, qui craignait avec raison que sa retraite, si long-temps inaccessible, ne fût enfin troublée, et que la tranquillité dont elle jouissoit, ne se vît interrompue.

A 2

Lorsque le Comte et l'étranger furent de retour dans la salle, où ils avaient laissé Berthe, sa Fille et la Comtesse, le premier s'adressant au jeune homme qui leur faisait les offres de service les plus étendus : « Il y a long-temps, Milord, que je désirais de rencontrer quelqu'un de votre famille, à laquelle le hasard m'a mis à portée de rendre le service le plus essentiel. Vous ne vous êtes point nommé dans le cours de votre récit ; mais ce que vous avez dit m'a suffi pour vous reconnaître. Votre nom est Seymour. Non-seulement le récit que vous venez de faire est conforme à tout ce que je sais sur la funeste aventure de votre Aïeul ; mais je suis en état de vous procurer à cet égard des détails qui vous sont inconnus. J'ai en mon pouvoir et les titres de votre famille et les richesses que vous croyiez perdus depuis long-temps. Mon récit a lieu de vous surprendre ; mais votre étonnement cessera bientôt, quand je vous aurai dit que cet endroit même a servi de retraite à votre Aïeul, et que c'est ici qu'il a terminé sa malheureuse carrière, après avoir vu périr son Épouse, victime de la haine que le barbare Spencer, de qui elle tenait le jour, avait jurée à sa famille, et dans le cœur duquel le cri de la Nature ne put jamais se faire en-tendre. »

Le commencement du récit du

Comte avait effectivement causé la plus grande surprise au jeune Seymour ; mais son étonnement ne put que s'accroître encore, quand il s'entendit nommer. Il convint qu'en effet Seymour était son nom, et qu'on voyait en lui le dernier et l'unique rejeton de cette ancienne famille, déjà célèbre en France avant qu'elle passât en Angleterre avec Guillaume le Conquérant, et dont l'illustration était telle que peu de maisons pouvaient lui disputer le pas.

Après cette explication, le Comte de Rieux conduisit Seymour dans la chambre souterraine qui contenait le tombeau de ses Aïeux, et le coffre dans lequel étaient renfermés les richesses et les titres de sa famille. Il l'ouvrit, lui fit examiner le dépôt précieux qu'on y avait enfoui, et lui remit le cahier de parchemin au moyen duquel il avait eu connaissance de l'histoire et de la mort funeste de son Aïeul. La surprise du Lord était à son comble ; il avait peine à en croire ses yeux. Le Comte ajouta que le hasard seul avait occasionné cette intéressante découverte, il s'était occupé des moyens de connaître celui qui par sa naissance avait droit à ce riche héritage, mais que par une fatalité dont il ne pouvoit rendre raison, ses perquisitions s'étaient toujours trouvées infructueuses. Une restitution de

cette nature était trop précieuse
pour que le jeune Lord n'en témoignât
pas sa reconnaissance au Comte, et
il le fit dans des termes qui ne lui
laissèrent aucun doute sur la noblesse et sur la pureté de ses sentimens.

De retour dans l'appartement de
Berthe, il s'approcha du fauteuil ou
elle était assise, mit un genou en
terre devant elle, et prenant une de
ses mains qu'il porta respectueuse-
ment à sa bouche : « Qui que vous
soyez, lui dit — il, je vous rends
grâces de l'accueil bienfaisant que
vous avez fait à mon infortune. Au
lieu d'une caverne de brigands dans
laquelle je croyais qu'un sort mal-

heureux m'avait conduit, je me trouve dans l'asile de l'innocence, de la candeur et de la vertu. Tout annonce en vous, Madame, une âme élevée et bien au-dessus du sort dont vous paraissez être la victime. Je ne cherche point à percer les voiles du mystère dans lequel vous paraissez vouloir vous envelopper ; mais ne serait-il en mon pouvoir aucun moyen de vous témoigner ma juste reconnaissance ? Croyez que mon intention n'est pas de vous offenser. Comblé de vos bienfaits, je n'ai d'autre but que celui de vous prouver combien mon cœur y est sensible. Si son hommage peut acquitter la dette sacrée qu'il a contractée envers vous, daignez le recevoir, il est aussi pur que le motif qui vous a conduit. Et vous, poursuivit-il, en se tournant du côté de Blanche, vous dont les traits enchanteurs et les grâces séduisantes sont mille fois au — dessus de ce qu'il me serait possible d'exprimer, daignez recevoir le tribut que vos charmes sont en droit d'attendre de tout être sensible. Vous êtes sans doute un ange, échappé des régions célestes, pour embellir cet humble séjour, et quand vous devriez être assise sur le premier Trône du monde, comment se fait-il que vous habitiez cet horrible désert? Mais pardon, ma remarque est sans doute indiscrette, et je dois me borner à vous admirer dans un silence respectueux. »

Berthe remercia Seymour de ses offres, et lui répondit que c'était par goût et non par nécessité qu'elle avait choisi la retraite où elle avait fixé son séjour, et dans laquelle, si des événemens qu'elle ne pouvait prévoir, n'y mettaient obstacle, elle avait résolu de terminer ses jours; qu'elle n'avait pas à se plaindre de la fortune ; et qu'enfin tous ses désirs se bornaient à passer sans trouble et loin des orages du monde, les derniers momens d'une vie, con-damnée au malheur, mais dont son courage avait su braver et soutenir les atteintes.

En se retournant, Seymour jeta les yeux par hasard sur un portrait

qu'il reconnut aussitôt pour être
celui du Roi. « Je ne doute pas,
Madame, dit-il à Berthe, d'après
ce que je vois, que Henri ne vous
soit cher. — Assurément, reprit
Berthe, et bien cher. « Puis, se re-
prenant aussitôt pour ne pas se trahir, elle ajouta : « Un bon Prince,
un Roi juste et bienfaisant, n'a-t-il
pas droit à l'amour de ses Sujets ?
— Sans doute. — Qui mieux que
Henri mérite d'être adoré ? — Je
suis bien malheureux ! —Vous, Mylord ! et pourquoi ? — Hélas ! —
Daignez vous expliquer. — Vous
avez lu les Mémoires de mon Aïeul ;
vous devez vous rappeler ce que
je vous ai dit moi-même. — Eh
bien, Mylord ? — Je ne suis pas

personnellement l'ennemi du Roi, puisque je n'eus jamais à m'en plaindre. — Poursuivez. — Mais je le suis du parti qui l'a porté sur le Trône, et par le moyen duquel il a triomphé. Ma Famille, vous ne l'ignorez pas, a de tout temps été dévouée à la Maison d'Yorck, dont il a usurpé tous les droits, et envahi la Couronne. — Vous vous trompez, Mylord : Henri est le seul aujourd'hui qui ait des prétentions légitimes à la Couronne d'Angleterre, qu'il porte avec tant de gloire. Il n'a fait, en s'emparant du Trône, que recueillir l'Héritage qui lui était acquis. Il n'existe plus de rejetons de la branche d'Yorck............ — Et cet

3.   B

infortuné (1) qui gémit dans les
fers, que son rival n'a cessé d'abreu-
ver d'outrages, et qui depuis tant
d'années attend un libérateur ? —
Ce n'est qu'un lâche imposteur digne
du dernier supplice, et dont l'existence annonce la clémence et la ma-
gnanimité de Henri. — Dites plutôt
sa barbarie ; il ne le retient dans
les fers que pour prolonger son supplice. — Quelle erreur vous abuse,
Mylord ! et que vous connaissez mal
l'un et l'autre ! — Je rends justice
au Roi, Madame ; je sais qu'il porte
avec grandeur la Couronne, et qu'il

_____

(1) Perkins, dont il a été question
dans les Notes précédentes. (Note de
l'Éditeur.)

ne néglige aucun moyen de justifier son usurpation ; mais il n'en
est pas moins vrai qu'elle ne lui appartient pas. Je crois son malheureux compétiteur véritablement Fils
d'Edouard , arraché par miracle au
fer de son bourreau Richard III.
Cet infortuné, si digne d'un meil-
leur sort, n'a-t-il pas été reconnu
par plusieurs Puissances ? Croyez-
vous que les Souverains, qui ont
soutenu ses prétentions, eussent voulu
favoriser un imposteur ? Croyez-
vous que le Roi d'Ecosse l'eût fait
entrer dans sa Famille , en lui donnant en mariage une de ses pa-
rentes ? non, sans doute. Mais la
discussion de cet objet est étrangère
aux circonstances qui nous ont ras-

semblés. Je suis fâché, Madame,
de ne pouvoir me ranger d'un parti
que vous défendez avec autant d'é-
loquence que de persuasion, et j'ose
espérer que pour n'être point de votre
avis, je n'en aurai pas moins de droits
à votre estime, dont je sens que je ne
saurais me passer. Je ne vous cache
point que vous m'avez inspiré un intérêt dont je chercherais vainement
à me défendre, et je vous prie de me
pardonner, si ce motif, bien excusa-
ble sans doute, me fait vous réité-
rer une demande qui vous paraîtra
peut-être indiscrète, mais que mon
zèle peut seul justifier. — Que voulez-
vous dire? Mylord. — Plus je vous
considère, Madame, et moins vous
me paraissez faite pour l'obscurité qui

vous enveloppe. Par quel événement étrange êtes-vous ensevelie toute vivante dans cette espèce de tombeau? Quels malheurs ont pu vous réduire à cette affreuse extrémité? Tout annonce en vous une naissance au-dessus du vulgaire. La noblesse de votre origine perce à travers les voiles les plus épais qui semblent l'envelopper. La fortune vous devait un Sceptre, et vous languissez dans un obscur abandon! Par quelle fatalité...... — Les malheurs dont je suis la victime, sont de nature à ne pouvoir être connus, sans peser sur ma tête d'une manière encore plus affreuse. Vos instances à cet égard sont inutiles, Mylord; non que je ne vous croie digne de toute ma confiance; mais c'est un secret que je dois emporter dans la tombe, où vous me voyez prête à descendre. Que vous importerait de le connaître, puisqu'il n'est pas en votre pouvoir de porter du remède à mes maux? Qu'en résulterait-il d'avantageux pour vous, sinon de satisfaire votre curiosité? — Ah! Madame, qu'un pareil motif est loin de ma pensée. Si j'ai pris la liberté, peut-être indiscrète, de vous ouvrir mon cœur à cet égard, c'est par l'espoir de vous être utile, c'est par l'intérêt puissant que vous inspirez à tous ceux qui ont le bonheur d'approcher de vous. Peut-être dépendrait-il de moi d'adoucir l'amertume de vos peines; peut-être.... — Non, Mylord; il n'est qu'un seul

homme au monde à qui ce pouvoir
soit réservé, et cet homme ne pourrait terminer mes maux, sans s'exposer lui-même aux plus grands
malheurs. Je vous en dis assez pour
vous convaincre de l'inutilité de vos
démarches, quelque généreuses et
désintéressées qu'elles puissent être ;
il ne me reste qu'une prière à vous
faire, c'est de ne parler jamais à qui
que ce soit du lieu de ma retraite, du
hasard qui vous l'a fait découvrir,
et de ce que vous y avez vu. J'exige
plus, c'est votre parole d'honneur
d'ensevelir votre aventure dans le
plus profond oubli, ou de n'en parler que de manière à ne point compromettre ma tranquillité. — Je vous
le jure, Madame ; vos simples désirs

sont des ordres pour moi, et je me fais, dès ce moment, un devoir de les respecter. »

La journée commençait à s'avancer; Mylord Seymour prit congé de Berthe, et se mit en état de regagner son Château, qui n'était éloigné que de quelques milles, et où il comptait arriver avant la nuit, son cheval étant suffisamment reposé pour fournir une pareille course. La consternation régnait dans son Château; on y était dans une inquiétude d'autant plus grande, qu'on avait envoyé de tous côtés à sa recherche, sans pouvoir découvrir ses traces, et qu'on avait appris qu'un jeune homme avait été attaqué dans la

forêt par des brigands , sous les
coups desquels il avait succombé.
Son retour inespéré combla de joie
tous ses gens, qui lui étaient singulièrement attachés, parce qu'ils
étaient, pour la plupart, de vieux
serviteurs de son Père, et qu'il leur
faisait oublier, par la manière dont
il les traitait, la distance qui les sé-
parait de lui. Il se contenta de leur
dire qu'il avait effectivement rencontré des brigands qui l'avaient attaqué ; mais qu'ayant eu le bonheur
de leur échapper, il s'était retiré
dans une espèce de Ferme, où il
avait été obligé d'attendre que son
cheval fut en état de le ramener. Il
tint le même langage à quelques-
uns de ses amis, que le bruit de son

aventure avait allarmés, et qui s'étaient empressés de venir le féliciter sur son heureux retour.

Il se proposait dès le lendemain de retourner au souterrain, où plus d'un motif l'engageait à se rendre ; mais obligé de recevoir les visites de ses voisins et de ses amis, il ne lui fut pas possible de disposer d'un seul instant. Le jour suivant, il prit ses mesures pour n'être pas contrarié dans ses projets ; la vue de l'aimable Blanche avait fait trop d'impression sur son cœur, et la reconnaissance qu'il devait tant à la Princesse qu'au Comte pour l'accueil obligeant qu'il en avait reçu, y était gravée trop profondément pour qu'il ne se fît

pas un devoir de témoigner les sentimens dont il était pénétré. Il vit
en arrivant l'inquiétude et la consternation peintes sur tous les visa-
ges ; il s'empressa d'en demander la
cause. Il apprit que Berthe s'était
trouvée pendant la nuit beaucoup
plus mal, et qu'elle paraissait s'af-
faiblir de momens en momens d'une
manière tout-à-fait alarmante. Cette
nouvelle l'affligea d'autant plus, que
cette infortunée Princesse lui avait
inspiré le plus tendre intérêt, et que,
sans la connaître, il avait conçu pour
elle des sentimens d'estime, de respect et d'amitié dont il ne pouvait
se rendre compte à lui-même. Il lui
fit demander la permission de se
présenter devant elle, si toutefois sa

présence n'était pas dans le cas de
lui être importune ; elle lui fit répondre qu'il pouvait entrer, et que,
loin qu'il pût la gêner, elle le rece-
vrait avec plaisir.

La faiblesse de Berth ne lui avait
pas permis de quitter son lit ; elle
paraissait très-abattue , et quoique
ses yeux brillassent encore d'un éclat
assez vif , il était néanmoins facile
de s'apercevoir que c'était le dernier
effort de la Nature. Blanche était
assise à ses côtés, et lui prodiguait
les plus tendres soins : le Comte et
sa femme paraissaient accablés de
la plus profonde douleur. Dès que
Berthe aperçut Seymour , elle le
pria de s'approcher , et le fit asseoir

auprès de sa Fille. « Vous voyez, dit-elle, en lui montrant le Comté et la Comtesse ; vous voyez mes amis ; mes véritables amis, les seuls qui ne m'ont jamais abandonné, qui ont tout sacrifié pour me suivre, et qui jusqu'à mon dernier soupir, occuperont dans mon cœur reconnaissant une place qui leur est due à tant de titres. Jamais l'héroïsme de l'amitié ne s'est développé d'une manière plus admirable ; c'est un exemple bien rare d'attachement et de fidélité, et qui, pour le malheur de l'humanité, sera plus cité que suivi, s'il est jamais dans le cas d'être connu. » Puis se tournant du côté de Blanche, dont elle prit la main : « Voilà, ma fille, My-

3.   C

lord , poursuivit – elle , en laissant
échapper quelques larmes ; je gémis
sur ce sort malheureux qui l'attend
quand je n'existerai plus. Vouée à
l'infortune , même avant d'avoir
reçu le jour, isolée dans le monde ,
sans fortune, sans Famille, quel sera
son appui ? Tant que mes amis
existeront, elle ne sera pas à plaindre ; mais elle est si jeune encore !
Cet avenir est bien douloureux pour
une Mère sensible et tendre. . . . — Je
vous offre mes services, reprit avec
vivacité le jeune Lord, non seule-
lement pour elle , mais encore
pour vos respectables amis, qui dès
ce moment sont les miens, et dont
je m'efforcerai de mériter la confiance. Je me ferai gloire d'être leur

défenseur, leur appui ; daignez en recevoir mon serment. Je ne forme qu'un vœu, c'est que vous puissiéz être long-temps témoin de ma fidé-lité à remplir ma promesse. — Je vous remercie, Mylord, et pour eux et pour moi ; mais ni eux ni moi ne pourront profiter de vos offres géné-reuses ; je ne puis vous en dire la raison, et je compte assez sur votre loyauté pour ne pas douter que vous ne chercherez point à la pénétrer. »

Seymour protesta de nouveau de la pureté du zèle qui le faisait agir. Il dit à Berthe que l'envie de lui être utile était le seul motif qui le condui-sait ; que la curiosité n'y entrait pour rien, et qu'il se ferait toujours un devoir de respecter le voile dont elle jugeait àpropos de s'envelopper; mais qu'il pourrait néanmoins se trouver des circonstances où ses offres de ser vices seraient dans le cas d'être ac ceptées, qu'alors on pourrait y avoir recours; et qu'enfin il osait répondre que sa conduite ne démentirait ja mais l'engagement sacré qu'il venait de contracter. Berthe lui serra la main pour lui témoigner sa grati tude, et le pria de la laisser un moment seule, pour se remettre du trouble où l'avait jetée une scène aussi déchirante.

CHAPITRE XVI.

CEPENDANT la maladie de Berthe faisait des progrès effrayans, et son affaiblissement était tel que l'on craignait à chaque moment de la voir expirer. Le Comte et sa femme ne la quittaient point ; ils cherchaient par tous les moyens possibles à la ranimer ; mais sa dernière heure avait sonné, et tous les secours de l'art étaient insuffisans. Elle n'avait plus qu'un instant à vivre, et l'impitoyable mort allait moissonner la femme la plus intéressante peut-être qui existât alors.

Seymour paraissait extrêmement
attendri du spectacle déchirant qu'il
avait sous les yeux, et ses larmes
attestaient la sensibilité de son cœur.
Tout accablé qu'il était de sa situation, les charmes de l'aimable
Blanche n'échappaient point à son
imagination ardente : il était vivement épris des qualités qu'il ne cessait de découvrir en elle, et formait
dans sa tête mille projets qui se succédaient avec la rapidité de l'éclair.
Son sort, sans la connaître, lui avait
inspiré le plus tendre intérêt, et
il se promettait intérieurement de
mettre tout en œuvre pour le faire
changer. Maître d'une fortune considérable, l'honneur lui prescrivait
d'acquitter, en lui offrant sa main,

la dette sacrée qu'il avait contractée
envers sa Mère, par les soins de
laquelle il avait recouvré, non-seulement des titres précieux pour sa
famille, mais des richesses d'un prix
inestimable, qui depuis long-temps
étaient perdus pour elle. Quoiqu'il
ignorât absolument sa naissance et
les malheurs qui l'avaient obligé de
la cacher, elle paraissait néanmoins
d'une condition tellement distinguée
qu'il pouvait se livrer sans réserve à
toute sa passion. Il était d'ailleurs trop
fortement épris pour ne pas lui faire
tous les sacrifices que les circonstances
seraient dans le cas d'exiger de lui.

Blanche de son côté, dont le cœur
naturellement tendre et sensible com-

mençait à sentir le besoin d'aimer,
n'avait pu voir avec indifférence un
jeune homme de l'extérieur le plus
séduisant, et son âme novice s'était
livrée sans efforts aux premières impressions qu'elle avait reçues. Sans
pouvoir se rendre compte du tendre
mouvement qui l'agitait, elle s'y
laissait aller avec la sécurité de l'innocence, et jouissait avec délices de
la présence de celui dont la vue venait
de lui donner une nouvelle existence.
Quoique dévorée par le chagrin que
lui causait l'état malheureux de sa
Mère, elle éprouvait un sentiment,
dont elle ne pouvait se rendre compte,
et qui portait dans ses sens étonnés
un trouble, dont il lui était impossible d'expliquer la cause.

Vers le soir, l'infortunée Princesse
de Bretagne parut toucher tout-à-
fait à sa dernière heure. Le Comte,
qui ne l'avait pas quittée de toute
la journée, jugea qu'elle n'avait plus
que peu de momens à vivre. Elle
conservait cependant toute sa connaissance; et tandis qu'autour d'elle
ses amis paraissaient accablés de la
plus profonde douleur, son âme était
tranquille, et son visage conservait
toute sa sérénité. Lorsqu'elle sentit
que sa fin était prochaine, elle fit
prier Seymour, qui dans cette malheureuse circonstance, n'avait pas
voulu retourner à son Château, de
vouloir bien passer dans la chambre
voisine. Restée seule avec Blanche,
le Comte et sa femme, elle serra,

autant que ses forces épuisées purent
le lui permettre, sa Fille dans ses
bras mourans : elle la recommanda
de nouveau à ses fidèles amis, et
tirant de son sein le portrait de
Henri, qui ne l'avait jamais quittée,
elle le porta plusieurs fois à sa
bouche en versant quelques larmes.
Après y avoir jeté un dernier regard,
elle le remit à sa Fille, en lui im-
posant le devoir de ne jamais s'en
séparer. Elle le pressa une dernière
fois contre son sein, et peu d'instans
après elle rendit le dernier soupir,
en prononçant encore le nom de son
Époux. Telle fut la fin déplorable
d'une femme née près du Trône,
dont la pompe et les grandeurs en-
vironnèrent le berceau, qui fit à la

tranquillité et au bonheur de son
Époux, le sacrifice d'une Couronne
qu'elle était en droit de porter ; et
qui vit se terminer dans l'oubli le
plus profond une carrière que la
gloire et l'amour devaient semer de
fleurs, et dont ils auraient à coup
sûr prolongé la durée.

Il fallut arracher Blanche du lit
de sa Mère qu'elle tenait fortement
embrassée ; ses sanglots l'étouffaient,
et la Comtesse eut toutes les peines
du monde à la retenir pour l'éloigner du tableau déchirant qui ne faisait qu'irriter sa douleur. Seymour
lui-même entreprit vainement de la
calmer. Elle ne voyait que la perte
qu'elle venait de faire, et son âme

était trop profondément affectée, pour que sa première douleur pût s'appaiser aussi promptement.

Le lendemain, le Comte s'occupa des dispositions nécessaires pour déposer, conformément aux dernières volontés de Berthe, les restes inanimés de cette malheureuse Princesse, dans la tombe qu'elle s'était elle-même creusée. Comme il ne voulait pas que *Seymour* eût connaissance du rang qu'elle avait tenu dans le monde, il avait fait transporter dans une chambre particulière le tableau qu'elle avait peint pour sa Fille, et qui devait être la pièce la plus précieuse de son héritage ; il avait en même temps eu la précaution d'éloigner tout ce qui pouvait rappeler son illustre origine. Le moment n'était pas encore venu de la faire connaître, et peut-être dans la circonstance y aurait-il eu de l'indiscrétion à découvrir ce secret à Seymour, qu'il ne connaissait pas assez particulièrement pour juger s'il était capable ou non d'en abuser.

Le Comte ne voulut pas non plus que personne autre que sa femme et la bonne Brigitte, l'aidassent à remplir les derniers devoirs qu'il rendit à la Princesse de Bretagne ; ce furent elles seules qui la déposèrent dans le monument. Blanche et Seymour n'en furent que les témoins. Quel spectacle déchirant pour une Fille tendre et

D

respectueuse, pour des amis aussi
sincères que le Comte et la Comtesse,
et surtout pour un jeune homme élevé dans le faste et dans l'opulence,
livré aux plaisirs du monde, et qui
peut-être pour la première fois de sa
vie, contemplait dans toute son horreur l'affligeant tableau de la mort!
Jamais tombe ne fut arrosée de larmes
plus sincères et mieux méritées. Le
projet du Comte était de poser par
la suite au-dessus de cette tombe une
pierre funéraire, qui indiquerait le
nom, le rang, l'âge et la date de la
mort de l'intéressante Princesse qui
venait d'y être renfermée.

Depuis ce funeste événement, la
douleur la plus profonde régnait dans

la retraite ignorée, où ces illustres
infortunés languissaient depuis un assez grand nombre d'années. Seymour
profondément affecté lui – même ,
quoiqu'il ne connut Berthe que depuis peu de jours, et que l'humanité
seule était dans le cas de l'appitoyer
sur son sort, Seymour, dis–je, s'occupait sans cesse de tous les moyens
possibles de faire trève à la douleur
de Blanche, et mettait tout en œuvre
pour la consoler. Il ne cessait aussi de
faire au Comte les offres de services
les plus marquées, et ses instances
étaient tellement réitérées qu'elles
en devenaient en quelque sorte im-
portunes. Il y avait déjà quatre jours
que Berthe était au tombeau, et le
jeune Lord , tout entier à l'objet

charmant dont il était épris, ne son-
geait pas à retourner à son château,
où l'on ne pouvait qu'être inquiet
d'une absence aussi prolongée, et
dont lui-même n'avait pu prévoir
le terme.

Comme depuis sa première appa-
rition dans le souterrain, le Comte
n'était pas absolument tranquille sur
l'impossibilité d'y parvenir par le
même moyen, il résolut d'aller avec
lui sur le sommet de la montagne,
pour qu'il lui montrât l'endroit par
lequel il avait trouvé moyen d'y
pénétrer, et qu'il pût au besoin se
précautionner contre les attaques des
brigands qui infestaient les environs,
dans le cas où ils parviendraient à

s'y porter par la même voie. Ils remirent cette visite au lendemain, et
dès le point du jour, il y montèrent.
Le Comte se rassura bientôt, en vé-
rifiant que la chose, si elle n'était pas
impossible, à la rigueur, le devenait
au moins par les difficultés qu'elle
présentait, et Seymour frémit lui-
même en voyant les dangers qu'il
avait courus. Il ne concevait pas
comment il avait pu être assez té-
méraire, et en même temps assez
heureux pour venir à bout d'une
pareille entreprise.

Tout en causant de ces objets divers, le Comte amena la conversation sur les projets que pouvait avoir
Seymour, en prolongeant son séjour

dans le souterrain où sa présence ha-
bituelle pouvait paraître au moins
singulière : il lui représenta qu'il
pourrait en résulter des bruits dé-
savantageux pour sa jeune pupille,
et qu'il croyait qu'il était de sa sagesse de prévenir toute interpréta-
tion maligne à cet égard, d'autant
qu'il jugeait ses intentions trop pures
pour imaginer qu'il voulût nuire
à sa réputation. « Vos domestiques,
et même les miens, quoiqu'ils me
soient attachés depuis long-temps,
pourraient, ajouta-t-il, donner,
sans le vouloir, matière à des soupçons, qu'il est de mon devoir d'é-
carter. — Je sens, lui répondit le
jeune Lord, toute la justesse de vos
observations, et je ne demande pas

mieux que de m'y conformer; mais je
dois et je vais vous ouvrir mon cœur.
Je suis prêt à partir, à condition
toutefois que votre adorable Pupille
et vous, ainsi que votre respectable
Épouse, quitterez en même temps
ce séjour de douleur. — Cela ne
nous est pas possible, Mylord. —
Qui vous y retient ? — Le sort dont
il ne dépend pas de nous de changer
les arrêts. — Je jouis d'une fortune
immense ; venez la partager avec
moi; quittez cet asile consacré aux
larmes. Je veux mettre un terme à
vos malheurs, et vous faire jouir de
cette heureuse tranquillité, qui doit
être le partage et la récompense de la
vertu. Si vous avez des raisons pour
fuir le monde, je vous offre la jouis-

sance d'une solitude charmante, où
vous pourrez demeurer ignorés autant et si long-temps que vous le ju-
gerez convenable, et je vous donne d'a-
vance ma parole de ne m'y présenter
jamais qu'avec votre permission. Je
n'ai d'autre motif en cette occurence
que de lever toutes les difficultés
que vous seriez dans le cas de m'opposer. — Je suis sensible, Mylord,
à l'intérêt que vous daignez prendre
à ce qui nous regarde ; mais il ne
nous est pas permis d'accepter des
offres aussi généreuses que désintéressées. Nous n'abandonnerons jamais les cendres d'une personne qui
nous fut chère à tant de titres ;
nous devons vivre et mourir dans
le lieu qui les renferme ; nous y de-

vous attendre que les nôtres y puissent être réunies. — Si ce n'est que
ce motif qui vous arrête, je puis
faire transporter ces restes précieux
dans un séjour plus convenable, et
vous ne manquerez pas par ce moyen
à la promesse que vous pouvez avoir
faite de ne point vous en séparer.
— Vos bontés, Mylord, pénètrent
mon cœur de la reconnaissance la
plus vive; mais elles ne font qu'a-
jouter au regret que nous avons de
ne pouvoir en profiter. — Quoi?
vous voulez donc ensevelir les grâces
et la beauté dans cette espèce de
tombeau! C'est une tyrannie, pardonnez ma franchise, qui n'a pas
d'exemple, et que l'humanité, pour
ne rien dire de plus, ne me permet

pas de souffrir. — C'est en vain, Mylord, que vous vous intéressez au sort de Blanche, et que vous cherchez les moyens de l'y soustraire; à moins qu'une circonstance imprévue ne vienne à le faire changer, elle est condamnée, ainsi que nous, à demeurer dans ce séjour. Quand nous ne serons plus, elle pourra prendre le parti que sa situation sera dans le cas de lui suggérer, mais j'ose vous répondre que tant que nous existerons, elle ne songera jamais à se séparer de nous. — Vous abusez, cruel que vous êtes, de la reconnaissance que je vous dois pour l'hospitalité que vous m'avez généreusement accordée; vous abusez de l'autorité qu'une Mère mourante vous a donnée sur sa Fille ; vous m'obligerez, si vous continuez de me réduire au désespoir, à mettre tout en œuvre pour l'arracher à votre tyrannie. — Vous vous égarez, My-lord ; vous oubliez que votre devoir est de respecter ses malheurs et son innocence : je vous l'ai déjà dit : son sort est de vivre à jamais ignorée ; c'est une obligation que l'honneur lui impose. Par pitié, Mylord, n'ajoutez point à ses infortunes par une résistance inutile, et ne me forcez point d'employer contre vous d'autres armes que celles de la persuasion. Vous avez des sentimens ; vous êtes d'une naissance qui répugne à tout acte qui en serait indigne ; j'en appelle à votre cœur. — Et vous avez

raison : je vous jure, je ne dis pas
de la respecter, jamais l'idée de lui
faire la moindre violence n'est entrée dans mon âme, mais d'attendre
mon bonheur de sa libre volonté,
de la vôtre, et de circonstances qui
peuvent devenir plus favorables : je
ne vous demande que la permission
de venir présenter mon hommage
à cette adorable personne. Je vous
répète que je n'ai que des vœux légitimes, quelle que puisse être sa
naissance ; mon projet est, si elle y
consent, d'en faire ma femme.

Le Comte garda le silence ; puis
après un moment de réflexion :
« Vous serez toujours le maître,
Mylord, poursuivit-il, de venir en

ce lieu ; vous serez sûr d'y trouver
en tout temps les égards dus à votre
naissance et à vos qualités person-
nelles ; mais perdez pour jamais
l'espoir de faire votre femme d'une
infortunée dont bientôt vous fuiriez
peut-être la présence, si vous saviez
de qui elle tient le jour. Sa Mère,
il est vrai, m'a donné tout pouvoir
sur elle jusqu'au moment où les lois
la rendront maîtresse de ses actions ;
mais je suis bien éloigné de vouloir
être son tyran. Sa destinée, je vous
l'ai déjà dit, nous oblige à fuir le
monde : nous ne pouvons nous y montrer sans exposer sa tête à de grands
malheurs. Cependant, Mylord, gar-
dez-vous de nous juger sur l'appa-
rence ; pour être malheureux, nous

5.   E

ne sommes point coupables , et je vous prie de ne pas nous regarder comme tels. — Je n'ai jamais élevé, je n'élève aucun doute à cet égard, vous pouvez m'en croire ; mais quel est donc cet étonnant mystère ? De grâce, daignez l'éclaircir , je ne suis pas capable d'en abuser. — Je le crois, Mylord, et j'aime à vous rendre justice ; mais il ne m'est pas permis de vous en dire plus. Je trouverais Blanche heureuse de vous appartenir, et vous plus heureux encore de l'avoir pour Épouse ; mais Blanche n'a point de Père, ou plutôt..... Que vous dirai-je ? ce Père ne saurait exister pour elle. Cette infortunée est le fruit d'un mariage légitime, que de cruelles circons-

tances ont obligé de taire. Ces circonstances se sont aggravées de
manière que les plus grands dangers
menaceraient sa tête, si ce funeste
secret venait à être révélé. Ce qu'il
m'est permis seulement de vous dire,
c'est que, sans le concours de ces
malheureux événemens qui se sont
succédés d'une manière terrible, il
n'est point de Souverains qui ne se
fussent fait un honneur de prétendre
à sa main. — Ce que vous venez de
m'apprendre, Monsieur, loin de
ralentir mon ardeur, ajoute encore
au désir que j'avais de l'obtenir.
Blanche sera ma femme ; je jure de
n'en avoir point d'autre. Ensevelis-
sez à jamais dans un profond oubli
le secret de sa naissance ; qu'elle

passe pour votre Fille, et ne la re-
fusez plus à mes vœux. — Vous êtes
pressant, Mylord. — Je vais vous
faire part d'un autre projet qui me
vient à l'idée. Répondez-moi ; tenez-
vous exclusivement à l'Angleterre ?
— Non, Mylord ; je suis Français.
— Je le suis aussi, puisque ma Famille fut originairement établie en
France. Le séjour de l'Angleterre
ne me convient plus ; je vends mes
terres, mes possessions, mes do-
maines ; je renonce au Pays qui m'a
vu naître ; j'abjure les titres dont
j'y jouis, et je retourne en France
occuper le rang qu'y ont tenu mes
Ancêtres. Dites un mot, et ce projet
aura bientôt son exécution. — Je
ne vous le cache pas, Mylord ; votre

amour, votre franchise, et surtout
le bonheur de Blanche, que j'aime
autant que si elle était ma propre
Fille, me sollicitent vivement en
votre faveur : je vous avouerai
même que je ne serais pas éloigné
de consentir à votre proposition, si
je ne prévoyais des obstacles presque
insurmontables. Cependant le temps
peut les applanir. Je vous demande,
avant de pouvoir vous donner une
réponse positive, de me permettre
de me consulter à cet égard avec ma
femme, sous la réserve toutefois
que dans le cas où les difficultés
pourraient devenir moins grandes,
vous n'obtiendrez néanmoins la
main de Blanche que de son libre
aveu ; car je vous déclare que je ne

prétends pas gêner son inclination.
— A Dieu ne plaise que j'en aie
seulement le projet ; mais vous me
permettrez d'espérer, je n'en demande pas davantage. »

Ce fut ainsi que se termina cette
intéressante conversation, pendant
laquelle ils continuèrent leur exa-
men. Le Comte, d'après ce qu'il
venait de vérifier par lui-même, fut
pleinement rassuré sur les craintes
qu'il pouvait avoir d'une surprise
du même genre que celle qui lui
avait procuré la connaissance du
jeune Lord. Il apprit quelques
jours après, que, sur le bruit de
l'événement arrivé à Seymour, la
Justice des environs avait fait in-

vestir la forêt; que les brigands
avaient été arrêtés dans leur repaire, et qu'ils devaient à la Session
prochaine être mis en jugement pour
être punis conformément aux lois
du Royaume. Cette nouvelle assura
sa tranquillité de la manière la plus
positive, et le débarrassa du soin
pénible d'être perpétuellement en
défiance pour se prémunir contre
toute entreprise hostile.

Seymour venait souvent au souterrain, et s'en retournait toujours
plus épris des charmes de Blanche,
qui, de son côté, paraissait le voir
avec plaisir. C'était vainement qu'il
se creusait la tête pour deviner le
secret de sa naissance; il ne savait

à quel parti s'arrêter à cet égard, et n'osait faire aucune question qui parût tendre à s'en informer. Le Comte cependant s'était consulté avec sa femme relativement aux propositions du Lord, dont il lui avait donné connaissance, et ils étaient convenus de lui demander un délai de six mois, avant de rien conclure. Le Comte l'avait instruit de cette détermination, à laquelle il avait consenti, moyennant la per- mission de continuer à faire sa cour à l'aimable Blanche, pour tâcher d'en obtenir qu'elle se déclarât en sa fa- veur. Les conditions de cette espèce de traité furent exécutées fidèle- ment de part et d'autre ; et le Comte n'eut aucun sujet de s'en repentir.

Il avait cru devoir pressentir sa
Pupille sur les propositions du
Lord; et Blanche, sans s'expliquer
positivement, lui avait répondu que
Seymour lui paraissait fort aimable,
mais qu'elle désirait de le connaître
mieux, avant de consentir à contracter un engagement aussi sérieux.
Son tuteur ne put qu'applaudir à la
sagesse de cette réponse. Quoique la
présence du jeune Lord parût faire
beaucoup de plaisir à Blanche,
parce qu'effectivement il était aimable, et que l'éducation soignée
qu'il avait reçue ajoutait encore à
son mérite personnel, elle se tenait
néanmoins vis-à-vis de lui dans la
plus grande réserve, et ne laissait
rien transpirer des sentimens qu'il

pouvait lui avoir inspirés. Cette
conduite , quoique au fond pleine
de sagesse et de prudence , ne laissait pas que de lui causer quelque
inquiétude , par la crainte où il
était de ne pouvoir parvenir à toucher
son cœur ; mais ce qui ne contribuait
pas peu à le rassurer , c'est qu'il
n'avait pas de rivaux à craindre ,
et que l'isolement dans lequel vivait
Blanche , lui permettait de déployer
toutes ses ressources pour fixer ses
regards.

Il s'était passé près de quatre mois
depuis la conversation qu'il avait
eue avec le Comte ; il continuait
ses visites qui devenaient même de
plus en plus fréquentes; car il en

se passait guère de jours qu'il ne
vînt au souterrain, où son absence,
lorsqu'il lui était impossible de s'y
rendre, laissait un vide qu'il était
facile de remarquer. Il était en
effet l'âme des plaisirs innocens
qu'on y goûtait, et qu'il savait
non – seulement multiplier, mais
varier même avec un art infini. Rien
ne démentait en lui la bonne opinion qu'il avait donnée de ses mœurs
et de son caractère, et ce n'était
pas sans la plus douce satisfaction
que le Comte voyait que le fruit
de ses soins ne serait pas perdu, et
qu'il procurerait à sa Pupille un
établissement solide et qui ne serait
point au–dessous d'elle.

CHAPITRE XVII.

CEPENDANT la face des affaires
venait de changer en Angleterre : la
tranquillité, dont ce Royaume avait
joui depuis plusieurs années, était
troublée par un événement qui pouvait avoir des suites dangereuses. Le
soi-disant Duc d'Yorck, Perkins,
détenu dans la Tour de Londres,
depuis sa défaite, avait trouvé
moyen de s'échapper, et s'était
réuni au parti des mécontens, qui
ne laissa pas que de grossir dès l'instant qu'on apprit qu'il était en li-

berté. Les partisans de la Maison
d'Yorck sortirent de la létargie profonde où la détention de celui qu'ils
regardaient comme le dernier rejeton de cette famille qui avait si
long-temps occupé le Trône, semblait les avoir plongés. Ils se réunirent dans le Comté de Cornouail-
les, où le feu de la sédition n'avait
jamais été parfaitement éteint, et
formèrent un corps d'armée assez
considérable pour donner de l'inquiétude à Henri, qui se voyait
traversé dans les projets qu'il avait
formés pour augmenter la prospérité
de ses États.

Dès qu'il fut question de reprendre
les armes, Seymour qui se trouvait,

par sa naissance , un des chefs de ce parti, tant de fois vaincu, et toujours prêt à renaître de ses cendres , fut un des premiers à se rendre à l'endroit indiqué pour le rassemblement. Il vint apprendre à ses amis du souterrain, car c'étoit ainsi qu'il les appelait, la nouvelle révolution qui était sur le point d'éclater , et leur faire ses adieux , qui furent touchans. Le Comte , qui avait toutes sortes de raisons pour demeurer fidèle à la maison de Lancastre, et qui prévoyait d'ailleurs le peu de succès d'une pareille tentative, essaya de le détourner d'une entreprise plus que périlleuse, dans laquelle il y avait tout à croire qu'il succomberait. Blanche et la Comtes se réunirent leurs instances aux siennes ; mais le Lord allégua ses sermens, et la parole d'honneur qu'il avait donnée de n'abandonner jamais un parti qu'il regardait comme le seul légitime. Il ajouta qu'il perdrait toute sa considération et plusieurs siècles d'une existence sans tache, s'il trahissait ce même parti, pour lequel ses ancêtres avaient tant de fois versé leur sang, et auquel il avait juré de ne renoncer qu'avec la vie.

Voyant qu'il n'était pas possible de le ramener à des sentimens moins exaltés, le Comte lui donna les conseils les plus sages pour se conduire dans une circonstance aussi délicate.

Seymour lui promit de les avoir toujours présens à la pensée, et les quitta, non sans être profondément affecté d'une absence dont il ignorait le terme et l'issue. L'idée qu'il était condamné peut-être à ne revoir jamais Blanche, lui faisait éprouver les angoisses les plus terribles, mais un faux point d'honneur l'aveuglait, et il crut devoir lui sacrifier ce qu'il avait de plus cher.

Malgré les efforts des partisans du faux Duc d'Yorck, et les prodiges de valeur qu'il fit lui-même, la campagne fut malheureuse. La fortune qui avait tout fait pour Henri, ne l'abandonna pas; la victoire resta fidèle à ses drapeaux; Perkins fut

défait, son armée détruite, et lui-
même fait prisonnier, ainsi que le
plus grand nombre de ceux qui
avaient embrassé son parti.

Blanche flottait entre la crainte
et l'espérance ; sa position était véritablement cruelle : partagée pour
ainsi dire, entre Seymour et Henri,
elle faisait des vœux pour son amant,
sans cesser toutefois de désirer non
moins sincèrement que Henri fût
vainqueur, et l'attente des événemens qui allaient se passer, était
pour elle un supplice d'autant plus
terrible que , quelque chose qui
pût arriver, son cœur ne pouvait
qu'être frappé du coup le plus sensible.

F 3

L'intérêt de l'État et la sûreté de ses jours, continuellement menacés par un parti toujours renaissant, ne permettaient plus à Henri d'écouter la voix de la clémence : il fut obligé de signer l'arrêt de mort de Perkins, qui termina ses jours sur un échafaud. Une partie des conjurés subit le même sort. Seymour, qui avait été fait prisonnier, était sur le point d'y être conduit lui-même, lorsqu'il trouva moyen de s'échapper. Il fut chercher un asile auprès du Comte, qui le cacha de manière à pouvoir le soustraire au besoin à toutes les perquisitions. Il était suivi de près ; et si le trajet qu'il avait à faire pour se rendre au souterrain, eût été plus long, il serait infaillible-

ment retombé au pouvoir de ceux
qui se précipitaient sur ses traces,
pour se ressaisir de leur proie ; mais
sur le point d'être arrêté, il dis-
parut tout à coup au détour d'un
petit bois qui bordait la maison du
Comte, de façon qu'ils ne purent
découvrir ce qu'il était devenu.
Comme ils ne l'avaient pas vu pénétrer dans l'heureux asile où il pouvait braver leurs recherches, ils prétendirent, après avoir inutilement
parcouru tous les environs, et visité
même la maison du Comte, que le
fugitif était un Magicien, et que la
terre s'était ouverte à son comman-
dement pour le dérober à leur poursuite. La crédulité même de quel-
ques-uns d'entre eux fut telle qu'ils

prétendirent avoir senti, au moment
de sa disparition, une odeur de
souffre très – forte, signe évident,
disaient–ils, de la puissance des Dé-
mons qui étaient à ses ordres. Il
n'en fallait pas davantage dans un
siècle encore grossier, pour faire
adopter les contes les plus ridicules,
et le bruit se répandit partout que
Seymour était initié dans les secrets
les plus profonds de la magie, et
que ce serait vainement qu'on tenterait de s'en emparer.

Le chef de la troupe qui était à
sa poursuite, quoiqu'il fût dans le
fond peut – être aussi crédule que ses
soldats, fit néanmoins investir le souterrain, pour qu'à tout événement

le fuyard ne pût s'échapper, et dé-
pêcha son lieutenant à Londres pour
rendre compte au Roi de ce qui venait de se passer.

Le Comte avait trop de moyens
de cacher Seymour, pour s'inquiéter
de ce que sa maison était investie :
il eut l'air même de pousser la bonne
foi jusqu'à proposer au Commandant
une petite pièce qui se trouvait à
l'entrée pour servir de corps de garde
au piquet chargé de veiller à ce que
personne ne pût sortir sans s'être
assuré que ce n'était pas celui qu'il
cherchait. Heureusement pour le
Lord qu'il avait pénétré dans cet
asile à l'insu même des domestiques
qui, par un heureux effet du hasard,

se trouvaient alors absens, et que le Comte, maître de son secret, n'avait à craindre aucune indiscrétion de leur part, et pouvait le garder sans risquer d'être découvert, aussi long-temps que sa tête serait menacée.

Cependant il n'était bruit dans toute l'Angleterre que du prétendu Magicien dont on racontait les histoires les plus merveilleuses : on allait même jusqu'à dire que le faux Duc d'Yorck, exécuté publiquement à Londres, n'était qu'un fantôme aérien, que, par le moyen de son art, il avait substitué au véritable, et qu'il reparaîtrait bientôt à la tête d'une puissante armée pour

reconquérir sa Couronne et détrôner
l'Usurpateur. Le Peuple est naturellement crédule, et le merveilleux
agit toujours sur lui de la manière
la plus sensible. Ce conte, en pas-
sant de bouche en bouche, ne fit
que s'accroître ; on y ajouta les circonstances les plus ridicules ; et plus
il paraissait absurde, plus on s'em-
pressait d'y ajouter foi. Le parti
même de la Rose blanche qui, pour
être vaincu, n'était pas anéanti, se
plaisait à le propager, dans l'espérance d'en tirer par la suite un parti
avantageux.

Ce bruit parvint jusqu'à la Cour,
où, ce qu'on aura peine à croire, il
trouva quelques partisans. Henri ne

faisait que rire de tous les rapports
qui lui venaient journellement à cet
égard, et la persuasion du Peuple
était telle, qu'on murmurait même
assez haut de son peu de crédulité.
Il jugea néanmoins qu'il était nécessaire de l'éclairer sur les pré-
tendus prodiges qu'on ne cessait
d'attribuer au pouvoir de la magie,
et voulut voir par lui-même ce qui
en était, espérant d'être plus heureux ou plus adroit dans ses recherches, que ceux qui avaient eu
la maladresse de laisser échapper le
Lord, et qui prétendaient couvrir
leur faute de ce prétexte ridicule.
Il donna des ordres, non-seulement
pour cerner de plus près l'endroit
où Seymour avait disparu ; mais

encore pour faire dans les environs les perquisitions les plus exactes, et partit aussitôt pour se rendre sur le lieu même où s'était opéré le pro- dige, afin de le réduire à sa juste valeur.

~~~~~~

C

CHAPITRE XVIII.

PENDANT que ces choses se passaient à l'insu du Comte et du Lord,
ce dernier continuait de rester caché
dans le souterrain ; il montait de
temps en temps sur le sommet de
la montagne pour y prendre l'air ;
mais il avait le plus grand soin de
ne point se laisser apercecvoir par
les domestiques qui auraient pu le
trahir sans aucune mauvaise intention , ou se laisser gagner comme
ceux de son ayeul dont il avait l'exemple sous les yeux. Le Comte s'atten-

dait bien qu'on soumettrait de nouveau son domicile aux recherches les
plus rigoureuses ; mais Seymour,
caché dans sa retraite, dont il n'était
pas possible d'apercevoir la porte,
était certain d'y échapper. Si néanmoins il eût été instruit des projets
du Roi, cette circonstance n'aurait
pas laissé que de lui causer de l'inquiétude, ainsi qu'au Comte, dans
la crainte où ils eussent été qu'une
circonstance imprévue ne les trahît.

Lorsque Henri fut arrivé, il examina lui-même l'endroit où l'on pré-
tendait que la terre s'était entr'ouverte, pour dérober le Lord aux
poursuites des soldats qui étaient
sur le point de l'atteindre, et d'après

l'inspection qu'il en fit, il ne douta
pas que Seymour ne se fût retiré
dans la maison du Comte, et qu'il
n'y fût caché, si toutefois il n'avait
pas trouvé le moyen de s'échapper,
malgré la vigilance des gardes qui
répondaient du contraire.

Henri s'en fit ouvrir les portes, et
ne fut pas médiocrement surpris d'y
trouver le Comte et la Comtesse,
dont les traits lui étaient familiers,
et de reconnaître la jeune personne
pour celle dont la vue l'avait frappé
dans les jardins de son Palais à Londres. Cette rencontre inattendue, et
l'inspection de son portrait et de celui
de Berthe, dont la ressemblance était
telle qu'il était impossible de s'y mé-

predre, lui donnèrent tout à coup
l'explicatiou d'un mystère que jusqu'alors il n'avait pu découvrir.
« C'est vous, s'écria-t-il, en fixant
le Comte, et en donnant ordre à sa
suite de se retirer, ne voulant pas
que sa conversation eût d'autres témoins que ceux qu'elle pouvait in-
téresser; « c'est vous! Est-il bien
possible? Ma surprise est telle que
j'en doute encore. Par quel hasard
habitez-vous cette retraite ignorée à
l'extrémité de mon Royaume ; et
quel a pù être votre motif, pour refuser constamment les offres de services que je vous ai faites, et qu'il
m'eût été si doux de réaliser ? Pourquoi, lors de votre dernier voyage à
Londres, ne vous êtes-vous point

rendu à mon invitation? Vous ne
savez pas, cruel homme que vous
êtes, le mal que vous m'avez fait, et
la perplexité fâcheuse dans laquelle
vous m'avez mis? Vous deviez cependant la présumer, et vous n'avez
pas daigné la faire cesser! — Cela
m'était impossible, Sire, lui répondit le Comte; j'aurais craint de compromettre votre Majesté. — Vous
étiez accompagné d'une personne.....
— Il est vrai, Sire. — Où est-elle?...
Vous gardez le silence! Répondez.—
Elle n'existe plus. — Elle n'existe
plus! et il ne m'a pas été possible de
la voir une seule fois avant sa mort!
Barbare! pourquoi m'avez - vous
trompé? » Des larmes s'échappaient
de ses yeux attendris. « Quel motif

aviez-vous, reprit-il, pour m'en imposer d'une manière aussi cruelle?— Je n'en ai point eu d'autre que d'assurer votre bonheur et votre tranquillité. — Mon bonheur! ma tranquillité! Hélas! — C'était le vœu de Berthe, et j'ai dû le remplir. — Et cette aimable personne que je vois près de vous? — C'est la Fille de Berthe; c'est votre Fille, Sire. — Ma Fille, dites-vous? »

Blanche au même instant s'était jetée aux pieds du Roi, qui s'empressa de la relever; et la serrant tendrement dans ses bras : « Oui, vous êtes ma Fille, poursuivit-il, je le sens aux doux mouvemens qui font palpiter mon cœur...... Mais

Berthe! mon adorable Berthe! Je l'ai
entrevue un moment et je la perds
pour toujous! Combien cette cruelle
circonstance ajoute d'amertume à la
joie que j'éprouve en retrouvant une
Fille chérie!.... Comte, j'attends un
service de vous. — Ordonnez, Sire.
— C'est de me conduire sur la tombe
de Berthe, pour lui payer au moins
le juste tribut de mes larmes. —
Vous n'irez pas loin, Sire. »

Le Comte prit Henri par la main
et le conduisit en silence dans la
partie du souterrain où Berthe avait
choisi sa sépulture. Il ne lui dit
que ce peu de mots, en lui montrant
la tombe qu'elle avait elle-même
creusée : « C'est ici qu'elle repose. »

Henri ne put soutenir cette vue sans laisser échapper des pleurs. Il se précipita sur la tombe de sa malheureuse Épouse et y demeura long-temps prosterné. Témoin de ses justes regrets, le Comte le laissa s'y livrer, sans l'interrompre. Lorsqu'il se fut relevé, il le conduisit dans la chambre de Blanche , et lui montrant le tableau que Berthe avait fait, c'est son dernier ouvrage, dit-il au Roi, qui le contemplait avec l'intérêt le plus tendre : « Il vous peindra mieux que je ne pourrais le faire les sentimens qu'elle a conservés pour vous jusqu'à son dernier soupir. Votre nom, Sire est le dernier qu'elle ait prononcé. »

Il lui raconta ensuite tout ce qui s'était passé depuis leur séparation, et lui fit part en peu de mots des motifs qui avaient engagé son Épouse à ne se point faire connaître de lui, dès qu'elle eut appris son mariage, dans la seule vue de ne point troubler son repos, et dans la crainte d'ajouter encore à ses chagrins. Tant de délicatesse de sa part ne fit que rendre sa mémoire plus chère à son Époux, qui donna les larmes les plus sincères à son trépas.

Il s'approcha du Comte, et le serrant dans ses bras : « Quelles obligations, ne vous ai-je point? mon cher Comte, lui dit-il. C'est à vous et à votre respectable Épouse

que je dois la conservation de ce
que j'ai de plus cher. Je veux prendre
soin de ma Fille ; je m'occuperai
des mesures nécessaires pour la faire
jouir des droits attachés à sa naissance. C'est le seul moyen qui me
reste d'honorer la mémoire d'une
femme qui mérita toute mon affec-
tion, et dont le souvenir me sera
toujours cher. Quant à vous, je
veux que vous veniez prendre à ma
Cour le rang que je dois à votre
mérite , au sang qui coule dans
vos veines, et surtout aux services
que vous m'avez rendus : c'est
une dette sacrée que je brûle
d'acquitter. »

Le Comte le remercia de ses bon-

tés, et lui dit que son projet était de
se retirer et de mourir dans l'asile
obscur qu'il s'était choisi, lorsque
sa Pupille n'aurait plus besoin de
ses conseils ni de ses soins; que tel
était son désir et celui de son épouse,
et qu'il suppliait le Roi de réserver
ses bontés pour récompenser de bons
et de fidèles serviteurs, qui seraient
plus à portée que lui d'en profiter.
Henri voulut combattre ce projet;
mais le Comte le pria avec tant
d'instances de ne point déranger le
plan qu'il avait formé, et qui se
trouvait parfaitement d'accord avec
son âge et son caractère, qu'il fut
obligé de lui promettre qu'il ne
s'opposerait point à ses désirs; mais
qu'il ne se croyait pas pour cela

quitte envers lui, et que ses bienfaits iraient le chercher dans sa retraite, jusqu'à ce qu'il consentît à en jouir au milieu de sa Cour.

Après cette conversation, ils rentrèrent dans la salle, où les attendaient Blanche et la Comtesse. Le Comte alors se hasarda de demander au Roi par quel hasard son humble asile se trouvait honoré de son auguste présence. « Il recèle, lui dit-il, en jetant un regard où se peignirent tout à coup les mouvemens de colère et de vengeance qui succédèrent aux émotions douces qu'il avait éprouvées d'abord ; il recèle un traître, digne par sa rébellion du dernier supplice, et auquel il

3.   II

n'a pas tenu de me précipiter du Trône, que j'occupe par le droit de ma naissance, pour y placer un imposteur à qui ma clémence a long-temps pardonné, et qu'elle a enhardi dans le crime. Il est temps que je fasse justice de ces perfides novateurs qui sèment partout le trouble et la division, et qui, sous le prétexte du bien public, font couler le sang de mes Sujets, et cherchent à les égarer, pour servir leur coupable ambition. Perkins a subi le juste châtiment que méritait son crime, et l'intérêt de mes Peuples exige que ses partisans éprouvent le même sort. Seymour fut un des chefs les plus ardens de cette criminelle entreprise ; il a cru se dérober par

la fuite à la juste punition qu'il
méritait. Je ne m'arrête point aux
contes populaires qu'invente la crédulité, et que la sottise accrédite :
il doit être en ce lieu, j'en ai la
certitude ; je ne doute pas que vous
ne connaissiez la retraite obscure au
moyen de laquelle il a pu se soustraire aux perquisitions des Soldats
chargés de voler à sa poursuite, et
je compte assez sur votre zèle et
sur l'amitié dont vous m'avez toujours donné tant de preuves, pour
croire que vous m'épargnerez la
peine de le chercher plus long-
temps. — C'est me connaître mal,
Sire, que de me juger capable d'une
lâcheté, et je supplie votre Majesté
de trouver bon que je ne réponde

point à sa demande. — Pourquoi?
— Je vous l'ai dit. — Mais encore? — La nature de votre question doit justifier mon silence. —
Parlez. — Je ne le puis. — Qui vous
retient? — L'honneur. — L'honneur, en pareille circonstance, n'est
qu'un mot. — Dans quelque circonstance que ce soit, l'honneur est
tout. Les Rois n'ont pas le droit de
l'emporter sur lui. — Vaine défaite; parlez. — Vous le voulez? Je
vais donc vous obéir; je prie seulement votre Majesté de ne pas oublier qu'Elle m'y contraint, et je
lui demande pardon d'avance, s'il
m'échappe quelques expressions qui
seraient dans le cas de la blesser.
— Poursuivez. — Si l'infortuné que

vous prétendez sacrifier à votre ressentiment est ici de mon aveu, ce
serait une perfidie à moi que de
vous le livrer, et du caractère dont
vous me connaissez, vous ne devez
pas vous y attendre : je ne suis pas
capable d'une lâcheté. — Ce n'en
est point une que d'être fidèle à son
Roi. — Vous oubliez, Sire, que je
n'ai point l'honneur d'être un de
vos Sujets ; je vis, il est vrai, dans
un pays soumis à votre domination ; mais je ne suis lié à vous par
aucun serment. Je respecte les lois
du pays que j'habite, et mon devoir
est de m'y conformer ; mais celles
de l'honneur, je vous l'ai déjà dit,
sont au — dessus, et je ne connais
point de considération qui puisse

H 5

m'engager à les enfreindre. — Ainsi
vous bravez ma puissance, vous dé-
daignez mon amitié, vous rejetez
mes bienfaits, ingrat !.... — Je ne
dois rien à votre Majesté, je ne
tiens rien d'Elle ; je ne puis l'être.
— Et vous ne craignez pas..... —
Je sais que ma vie est entre vos
mains ; mais un pareil motif ne saurait m'arrêter : je vous connais trop
généreux, Sire, pour craindre que
vous abusiez de votre pouvoir. Vous
n'êtes pas fait pour devenir un tyran.
Henri VII doit se souvenir d'avoir
été Comte de Richemont ; il ne doit
pas avoir oublié qu'il ne tenait qu'à
moi peut-être de le livrer entre les
mains de son barbare oppresseur,
Edouard IV, et que si j'eusse été

assez lâche pour me souiller par une
pareille action , il ne serait pas dans
le cas de me reprocher aujourd'hui
de lui manquer de fidélité. — Vous
ne connaissez pas, Comte, celui pour
qui la pitié vous sollicite ; j'ai mis
tout en œuvre pour le ramener aux
sentimens qui doivent guider un
homme de sa naissance ; mais l'in—
grat a toujours rejeté mes bienfaits.
Il a préféré le rôle de conspirateur
et d'assassin à celui de sujet fidèle
et d'ami de son Roi. Le moment de
l'indulgence est passé ; son crime
mérite une punition éclatante ; je
l'ai juré, rien ne pourra l'y sous—
traire. — Puis-je rappeler à votre
Majesté, Sire, que le droit le plus
beau d'un Souverain est celui de

faire grâce. — Oui ; mais quand on s'est mis, par un repentir sincère, dans le cas de mériter ; et Sey-mour..... — Je ne prétends pas le justifier ; je sais qu'il est coupable, et que son crime est d'autant plus grand, que le succès ne l'a point justifié ; mais il est coupable plus peut-être par aveuglement que par tout autre motif. Il est jeune, il est issu d'une Famille qui avait de tout temps été attachée à la Maison d'Yorck ; il a cru, il croit peut-être encore que Perkins n'était point un imposteur ; mais qu'il devait le jour à Edouard. Son erreur doit 'excuser, et dans tous les cas, j'en appelle à votre clémence. — J'ai fait serment de le punir, je tiendrai ma promesse. — Eh bien, je réclame l'exécution de celle que vous m'avez faite non moins solennellement, de m'accorder tout ce que je vous demanderais , pour récompense des services que je puis vous avoir rendus : le seul prix que j'en attends est la grâce de Seymour. — Il ne dépend pas de moi de vous l'accorder ; l'intérêt de mes Peuples s'y oppose : c'est la Nation entière, c'est l'ordre social qu'il a blessé ; sa grâce n'est plus en mon pouvoir. — Vous êtes le maître, Sire ; mais je le suis aussi de mon secret, et tout Roi que vous êtes, vous ne saurez rien que ce qu'il me plaira de vous dire. »

Blanche voulut élever sa timide

voix en faveur de l'infortuné Lord ;
mais Henri la fixant avec un regard
où se peignait toute la violence de
son courroux , lui ordonna d'un
ton sévère de se retirer. Elle obéit
en pleurant, et courut se renfermer
dans sa chambre avec la Comtesse,
dans le sein de laquelle elle déposa
ses justes alarmes , et dont elle reçut toutes les consolations qu'elle
devait attendre de sa longue et cons-
tante amitié. Dès ce moment, l'intéressante Fille de Berthe conçut
pour Henri, qui ne parut plus à ses
yeux qu'un tyran, une espèce d'a-
version, qu'elle eut dans la suite
toutes les peines du monde à sur-
monter, tant il est vrai que les premières impressions laissent toujours

des traces profondes, qui souvent ne s'effacent jamais ! La situation de Blanche était véritablement déchirante, elle s'imaginait entendre à tous momens les cris de Seymour arraché de son asile par les satellites de Henri, et tendant sa tête au bourreau, qui semblait n'attendre que sa proie. On peut juger d'après cela de l'épreuve terrible à laquelle cette malheureuse circonstance venait de la soumettre.

Le Comte de Rieux ne s'était point rebuté du peu de succès de ses premières démarches ; il avait fait une nouvelle tentative sur le cœur du Roi ; il était venu même à bout de l'ébranler, lorsqu'il reçut

des dépêches de Londres, qui lui
furent apportées par un courier extraordinaire. Le Comte s'aperçut
qu'en les lisant, le Roi fronçait le
sourcil, et qu'une agitation violente
se manifestait dans ses yeux : cette
circonstance ne lui parut pas d'un
favorable augure. Lorsqu'il eut fini :
« Tenez, lui dit Henri, en lui re-
mettant une lettre du Lord Chancelier, lisez et jugez par vous-
même si je puis faire grâce. Il faut
un exemple pour contenir les mu-
tins : la tête de Seymour, en tombant à leurs pieds les fera rentrer
dans l'ordre ; mon parti est pris, je
ne ferai point de grâce. »

La lettre du Chancelier contenait

effectivement l'avis de la découverte
d'une nouvelle conspiration dans laquelle à la vérité Seymour n'avait
pas trempé, puisqu'il était en fuite;
mais qui n'en était pas moins l'ouvrage de son parti, et qui n'avait été
en quelque sorte tramée que pour
tâcher de l'arracher à la mort, en
avançant celle de son persécuteur. Ce
malheureux événement aggravait
singulièrement ses torts, et mettait
le Roi dans la nécessité de déployer
contre lui toute la rigueur des Lois.

Le Comte essaya de nouveau, non
pas de le justifier, ce qui n'était
guères possible, mais d'engager le
Roi à prendre le parti de la clémence,
afin de ramener par ce moyen les

5.   I

esprits, qu'il serait peut-être dangereux d'aigrir, en déployant une sévérité, juste au fond, mais dont on
ne pouvait ni prévoir ni calculer les
suites. Henri lui répondit que son
projet n'était pas d'étendre sa rigueur sur tous ceux qui avaient embrassé le parti contraire, mais qu'il
fallait pour étouffer plus sûrement
toutes les semences de révolte et de
divisions, déployer contre les Chefs
toute la sévérité des Lois, afin que
leur exemple apprît aux autres à se
contenir dans les bornes du devoir.

Malgré toutes ces raisons, le Comte
ne se tint pas pour battu; mais il redoubla de courage, et rassembla
toutes ses forces pour combattre la

résolution du Roi. Fatigué d'une lutte dans laquelle il craignait peut-être de succomber, Henri lui imposa silence, et lui donna l'ordre de le conduire sur-le-champ dans toutes les salles du souterrain, pour vérifier par lui-même, si le Lord n'y était point caché; il se fit accompagner, dans cette recherche, par son Capitaine des Gardes et deux Officiers de sa suite.

Le Comte lui obéit, sans se troubler ; aucune altération ne se manifesta sur son visage, qui conserva toute sa sérénité. Il était bien sûr que le Roi ne découvrirait point la porte de l'asile dans lequel Seymour était à l'abri de ses perqui-

sitions, parce qu'elle était close de
manière à n'offrir aucun indice,
et qu'il savait d'avance que Henri
ne prendrait qu'une peine inutile.

Le Roi visita tout par lui-même
avec le plus grand soin, et en prenant la précaution de sonder la
muraille de distance en distance,
pour s'assurer si elle ne lui indiquerait point quelque fausse porte.
Heureusement que par un effet du
hasard ses coups ne portèrent point
sur l'endroit qui aurait pu découvrir le mystère, et livrer entre
ses mains la victime que le Comte
avait voulu dérober à ses coups.

Quand ils parvinrent à la grille

qui servait à fermer l'entrée de l'escalier taillé dans le roc, Henri demanda ce que c'était et où il conduisait : le Comte lui répondit que
c'était par cet endroit seul que l'on
pouvait parvenir sur le sommet de
la montagne; il ne douta point que
Seymour n'eût employé cette voie
pour s'échapper, et la tranquillité
du Comte n'eut plus rien qui
l'étonna. Il voulut néanmoins y
monter ; il parcourut toute l'esplanade, en visita les issues, et quoique
à peu près convaincu qu'il était impossible de descendre la montagne,
sans courir mille fois le risque de
sa vie, il ne douta pas que le Lord
n'ayant aucun autre moyen de
s'échapper, avait bravé tous les

I 3

dangers pour se sauver par cette voie, et que peut-être même il avait péri dans cette hasardeuse entreprise.

Henri ne laissa rien pénétrer de ce qu'il projetait de faire : redescendu dans le souterrain, il donna l'ordre de fermer exactement la grille de l'escalier et s'en fit remettre les clefs : ensuite il chargea un de ses Officiers, qui paraissait jouir de toute sa confiance, de conduire à Londres, Blanche, le Comte, sa femme, Brigitte et les deux domestiques, ce qui fut exécuté le même jour. Il fit murer en sa présence la porte de la maison, et laissant en dehors un piquet de vingt hommes, tant pour

la garder et veiller à ce que personne ne puisse s'y introduire, ni
en sortir sans être vu, que pour
faire une ronde exacte autour de la
montagne pour découvrir le fugitif,
s'il était encore dans les environs,
et le conduire aussitôt à Londres,
il partit lui-même pour y retourner.
Il était d'autant moins satisfait de
son voyage qu'il en avait manqué
le but, et que, loin de détruire
l'erreur populaire qui le lui avait
en quelque sorte fait entreprendre,
le peu de succès de sa démarche
n'avait servi qu'à l'accréditer.

Le Comte n'avait pas lieu d'être
content de la détermination du Roi;
mais tranquille sur le sort de Sey-

mour qui, malgré ses précautions,
saurait trouver le moyen d'ouvrir la
grille et de gagner le sommet de la
montagne, d'où à force de temps il
parviendrait à s'échapper, il n'en fit
rien paraître : il fut assez maître de
lui pour en imposer à Henri, par
une contenance ferme et assurée,
qui le confirma de plus en plus
dans l'opinion que c'était vainement
qu'il avait cherché Seymour dans un
lieu qui pouvait à la vérité lui avoir
servi d'asile ; mais qu'il avait eu le
bonheur ou l'adresse de quitter avant
son arrivée. Ne voulant néanmoins
avoir rien à se reprocher, il prit
Blanche en particulier, et comptant
sur son ingénuité et son peu d'expé-
rience, il mit tout en œuvre pour

lui arracher son secret. Blanche, qui
le devina, ne lui fit que des réponses
vagues, et desquelles il ne pouvait
tirer aucun indice. Heureusement
qu'elle ignorait encore la résolution
de Henri, car le trouble qu'elle lui
causa aurait pu la trahir. Elle frémit
en apprenant qu'il fallait partir et
laisser son Amant exposé au double
danger de périr de misère, ou de se
livrer entre les mains de son persécuteur ; mais le Comte trouva moyen
de la rassurer, en lui disant que le
Lord avait des vivres pour plusieurs
jours encore, et qu'il connaissait assez
toutes les issues du souterrain, pour
gagner, malgré les précautions de
Henri, la cîme de la montagne, où
il pourrait vivre pendant quelque

temps, de laitage, de fruits et des
autres productions qu'elle serait dans
le cas de lui fournir, jusqu'à ce que
les choses tournassent d'une autre
manière, ou qu'à force de recherches
il ne trouvât les moyens d'en descendre, ce qui devait être plus
facile encore que d'y monter. Quoique cette alternative ne lui laissât
qu'un faible espoir, elle parut se ré-
signer tranquillement à son sort.
L'intérêt de Seymour l'engageait à
ne manifester aucune inquiétude; elle
renferma dans elle-même la douleur
qui la dévorait; pas une larme ne
s'échappa de ses yeux, et sa contenance assurée en imposa tellement au
Roi, que ne doutant point que le
Lord ne fût à l'abri de toute atteinte,

il était sur le point de révoquer les
ordres qu'il avait donnés ; mais sur
les représentations d'un des Officiers
qui l'avaient accompagné, il les laissa
subsister jusqu'à ce qu'il en fût au-
trement ordonné. Il fit donner, en
conséquence, le signal du départ, et
le prisonniers se mirent en route le
même jour.

CHAPITRE XIX.

SEYMOUR, enfermé dans sa retraite obscure, ignorait entièrement tout ce qui s'était passé ; la surveillance exacte qu'on avait exercée envers le Comte ne lui avait pas permis de l'en instruire, et il s'était vu dans la nécessité de partir et de l'abandonner à lui-même. Les provisions du Lord commençaient à diminuer d'une manière sensible ; il y avait près de huit jours qu'il était comme enterré dans cette espèce de tombeau, n'entendant parler de

rien, et n'ayant aucune communication avec le moindre être vivant.
L'abandon auquel i se voyait réduit
était un supplice d'autant plus cruel
qu'il ne lui restait qu'un espoir in-
certain d'en voir arriver le terme,
et sa situation commençait à l'inquiéter. D'ailleurs, l'air de son
caveau avait besoin d'être renou-
velé, et l'état où il se trouvait était
trop pénible pour qu'il ne cherchât
pas tous les moyens possibles de le
faire cesser.

Il passe vingt-quatre heures encore
dans les angoisses les plus cruelles :
ne pouvant plus supporter sa situation, il prête à la porte une oreille
attentive ; aucun bruit ne se fait

3.   K

entendre ; tout paraît enseveli dans
le silence le plus profond ; il ne sait
s'il est produit par l'effet du sommeil , car il ignore jusqu'à l'heure
qu'il peut être ; enfin il se hasarde
d'ouvrir la porte , en prenant les
plus grandes précautions, pour ne
faire aucun bruit. Il sort et par-
court différentes salles du souterrain , qu'il trouve désertes. Une
foible lueur qu'il apperçoit lui
indique qu'il est jour , et lui fait
juger que le Comte , obligé de
partir, n'a point trahi son secret ,
imaginant bien qu'il trouverait des
ressources du côté de la montagne,
soit pour s'échapper, ce qui n'était pas
facile, soit pour subsister, en attendant une circonstance plus favorable.

Il ne doute point que les dehors
de la maison ne soient exactement
gardés, et n'ose faire aucune tentative pour chercher son salut de ce
côté. Il va droit à l'escalier de la
montagne ; mais la grille est fermée
et les clefs en ont été enlevées. Cette
circonstance le confirme dans l'idée
qu'il est maître du souterrain, et
qu'il ne court aucun risque du côté
de la montagne, parce qu'il est le seul
peut-être qui ait eu le courage de
la gravir. La clôture de la grille
ne l'inquiète pas, sa retraite renferme des outils, au moyen desquels
il peut, sans beaucoup de peine, en
forcer la serrure ; mais ce qui l'em-
barrasse le plus, c'est de descendre
de la montagne, projet qui n'est pas

K 2

d'une exécution facile, et dont il ne
se dissimule pas les dangers. Néanmoins, comme il n'a pas deux partis
à prendre, et que plus il attendra,
plus les difficultés s'augmenteront
par le défaut de vivres et les moyens
de s'en procurer, il s'abandonne à
son sort ; et rempli d'un nouveau
courage, il veut braver jusqu'au
bout la mauvaise fortune qui semble s'acharner après lui. Il se met
à l'ouvrage : en moins de deux heures la grille cède à ses efforts, et ce
premier pas vers la liberté ranime
son espérance.

Son premier soin est de monter
sur l'esplanade pour y respirer un
air plus pur et se procurer des fruits

dont la saveur pût le rafraîchir et lui donner de nouvelles forces. Il examina de nouveau la situation de la montagne, et frémit malgré lui des dangers qu'il aurait à courir en cherchant son salut par cette voie. Mais il n'avait pas d'autre moyen de se soustraire à son sort ; il prit la résolution de le tenter, et remit au lendemain l'exécution de son projet.

En regagnant l'escalier du souterrain, où il devait passer encore une nuit, il rencontra la jeune chèvre dont le lait, en pareille circonstance, lui avait été d'un si grand secours. Elle le reconnut, lui fit les plus vives caresses, et sembla l'inviter à profiter d'une ressource qui, dans la

position où il se trouvait, n'était pas
à dédaigner. Son lait, dont elle était
abondamment pourvue, lui procura
une substance d'autant plus agréable, que depuis plusieurs jours il ne
s'était nourri que de pain assez dur,
et de quelques provisions d'une nature peu savoureuse. Après avoir
cueilli les herbages les plus succu-
lens, et les avoir offerts à sa bienfaitrice, qui parut les recevoir avec
plaisir de sa main, il redescendit au
souterrain, où il passa la nuit, non
sans une extrê ne agitation causée par
la nature de l'entreprise qu'il devait
exécuter le lendemain, et surtout par
les suites qu'elle pouvait avoir. Son
projet, s'il était assez heureux pour
l'exécuter, était de gagner l'Écosse,

où, dès qu'il y serait parvenu, il trouverait facilement les moyens de se rendre sur le continent, et d'y braver la colère et les poursuites de Henri.

Toutes ces différentes pensées qui se succédaient avec rapidité dans son esprit, écartèrent le sommeil de ses yeux. Dès qu'il fut jour, il tira du coffre qu'heureusement il n'avait point encore fait transporter dans son Château, l'or et les bijoux dont il pouvait avoir besoin dans le voyage qu'il se proposait de faire, et dont il ignorait le terme; il plaça le tout dans sa ceinture, pour n'en être point embarrassé, et après avoir fermé la porte, au moyen du secret dont

Il avait connaissance, de manière
à ce que le secret ne pût être découvert par ceux qui pourraient pénétrer
jusqu'à cet endroit; il franchit avec
courage l'escalier qui conduisait à
la montagne. Parvenu à la cîme,
il ne put s'empêcher de verser quelques larmes, en songeant à la situation cruelle où il se voyait réduit; mais rappelant bientôt toute
sa fermeté, et montrant un courage supérieur aux événemens, il
cueillit les fruits dont il crut avoir
besoin, et fit ses adieux à sa bonne
nourrice qui, comme si elle eût de-
viné son projet, courut devant lui,
et parut lui indiquer un petit sentier, par lequel la descente était
moins difficile? Elle l'accompagna

pendant quelque temps, et l'aurait probablement suivi; mais ne voulant point s'en embarrasser, il la caressa une dernière fois, en lui montrant le chemin de la montagne; et cette pauvre bête comprenant sans doute ce qu'il voulait lui faire entendre, s'arrêta tristement et le suivit des yeux jusqu'à ce qu'elle l'eût tout à fait perdu de vue.

Seymour descendit assez facilement pendant près d'une demi-heure; mais ce sentier le conduisit bientôt après sur des pointes de rocher, où il pouvait à peine se soutenir, et qui se trouvaient éloignées les unes des autres à des distances assez considérables. Le soleil, dont les

rayons brûlans tombaient à plomb
sur elles, rendait sa marche encore
plus pénible par la chaleur insupportable qu'il lui faisait éprouver.
Il était obligé de les franchir presque toutes, en risquant mille fois
sa vie, si le pied lui eût manqué.
Plus il avançait, plus la route devenait difficile, et son embarras
était d'autant plus grand qu'il lui
était de toute impossibilité de retourner sur ses pas, quand même
il en eût eu le désir. Il n'avait d'autre parti à prendre que de rappeler
tout son courage pour vaincre tous
les obstacles à mesure qu'ils sem-
blaient se multiplier. Cette marche,
si l'on peut lui donner ce nom,
était tellement fatigante, que l'é-

puisement de ses forces l'obligeait
le se reposer de temps en temps pour
e mettre en état de la continuer.

Le soleil était aux trois quarts de
on tour, et il lui restait encore près
e la moitié de sa pénible carrière
parcourir. Son courage ne l'aban-
onna pas ; au contraire, il redoubla
efforts pour sortir avec honneur
; cette périlleuse entreprise. Il con-
nua sa route jusqu'à la nuit ; et
geant qu'il serait dangereux de la
ursuivre avant le retour de l'Au-
re, il résolut de l'attendre. Après
oir pris un léger repas, parce qu'il
ulait ménager pour le lendemain
peu de provisions dont il s'était
ani, il se coucha le long d'une

petite roche qui le défendait contre
le vent du Nord qui venait de s'é-
lever, et qui soufflait avec assez de
violence.

Il y passa la nuit d'autant plus
tranquillement, qu'il n'avait rien
à craindre de qui que ce fût. La
fatigue qu'il venait d'essuyer avait
été si considérable, qu'il dormit d'un
sommeil profond dont il avait besoin pour réparer ses forces entièrement épuisées. Les premiers rayons
du jour le réveillèrent. Son soin le
plus pressé fut de rendre grâces au
Ciel de sa conservation, et de lui
demander le courage nécessaire pour
supporter le poids de son existence;
il consomma les fruits et le pain qu'

lui restaient encore, et se mit en
marche. Il n'eut à vaincre, pendant
quelque temps, que de légères difficultés ; mais, parvenu à une dernière roche qui s'avançait en pointe ;
il frémit en observant qu'elle était
élevée de plus de quinze pieds au-dessus d'une petite pelouse de verdure,
dont l'aspect tranchait agréable-
ment avec l'aridité du reste de la
côte. Il n'y avait pas d'autre moyen
de gagner cette pelouse, qu'en s'y
jetant à l'aventure ; il eut de la peine
à s'y résoudre ; mais comme la nécessité l'y contraignait, il remit de
nouveau son sort entre les mains de
la Providence, et franchit le pas.

Sa chute fut un peu lourde, mais

3.   L

il s'en tira néanmoins assez heureusement pour n'en être qu'étourdi.
Il se reposa pendant quelques mi-
nutes pour se remettre ; et lorsqu'il
eut repris tout à fait l'usage de ses
sens, il parcourut cette pelouse, et
remarqua avec autant de surprise
que de joie, que cette épreuve était
la dernière de ce genre qu'il aurait
à subir. Il fit une autre découverte
qui ne lui fut pas moins agréable :
il aperçut une quantité considérable de fraisiers, dont les fruits
savoureux et rafraîchissans le flat-
tèrent d'autant plus qu'il commençait à sentir les ardeurs d'une soif
brûlante.

Il cherchait les moyens de con-

tinuer sa route lorsqu'il découvrit
un petit sentier qu'il suivit et qui le
conduisit, non sans quelqnes difficultés encore, jusqu'au pied de la
Montagne. Lorsqu'il en mesurait la
hauteur, et qu'il se rappelait tous
les dangers qu'il avait courus, la
conservation de ses jours ne pouvait être que l'ouvrage du Ciel, et
il lui en témoigna sa reconnaissance
par les actions de grâces les plus
vives (1). Il avait besoin de se re-

_____

(1) Cette conduite de Seymour paraîtra peut-être singulière à quelques-
uns ; tranchons le mot, au plus grand
nombre de ceux qui pourront lire son
Histoire. Le systême absurde de l'A-
théisme est aujourd'hui si fort à la

poser ; et se jetant au pied d'un chêne, il y resta plus de deux heures pour se remettre de ses fatigues avant de gagner un Hameau qu'il avait aperçu du haut de la montagne, et qui pouvait en être éloigné d'en-

---

mode, qu'on a l'air d'un homme de l'autre monde, quand on se fait gloire de ne point le professer. Il ne manquait que cette sottise à la fin du dix-huitième siècle, pour en compléter la dégradation. Il faut espérer que cette mode passera, comme tant d'autres, et que les êtres méprisables qui l'ont mise en vogue, ne recueilleront, pour prix de leur criminelle entreprise, qu'une flétrissure ineffaçable, et le mépris des siècles à venir. (Note de l'Éditeur.)

viron deux milles. Lorsqu'il se sentit
en état de continuer sa marche, il
se remit en route avec l'espoir d'être
bientôt tout à fait hors de danger,
et de parvenir en Ecosse, où sa conservation serait assurée.

Il était sur le point de sortir du
bois qui favorisait sa retraite, lorsqu'il tomba dans un piquet des Soldats que Henri avait laissés pour
le cerner et s'emparer du Lord dans
le cas où il se trouverait encore dans
les environs. Ils l'arrêtèrent ; et le
reconnaissant d'après le signalement
qui leur en avait été donné, ils se
mirent en devoir de le conduire à
leur chef. Ce fut vainement qu'il
tenta de les séduire par l'appât d'une

forte récompense : il eut le malheur de trouver en eux des hommes
incorruptibles, et qui furent sourds
à ses prières.

On le conduisit à l'Officier qui
commandait le détachement, et qui,
voyant sa mission remplie, donna
au même instant l'ordre du départ.
Le lendemain, au point du jour, on
se mit en route pour Londres. Le
Lord avait tant de fois trompé la
vigilance de ses gardes, qu'ils usèrent
des plus grandes précautions, pour
empêcher qu'il ne s'échappât de nouveau : il marchait au milieu du détachement, monté sur un cheval,
dont deux gardes tenaient la bride
pour s'opposer à sa fuite : on peut

juger de la situation du malheureux Seymour : il semblait n'avoir échappé aux dangers les plus imminens, que pour courir à une mort certaine, car il ne pouvait se dissimuler que le ressentiment du Roi devait être trop grand pour espérer qu'il lui fît grâce. Traité avec les plus grands égards, il n'avait à se plaindre que de la bizarrerie de son sort, et ses réflexions étaient d'autant plus amères, qu'il n'avait devant les yeux qu'un avenir peu fait pour le rassurer. Il ne perdait pas de vue néanmoins le projet qu'il avait conçu d'échapper à ses nombreux surveil—lans, mais il était trop exactement observé pour qu'il pût le mettre à exécution.

Il eut cependant un moment d'espoir en arrivant dans le Comté de
Midlesex : le feu prit à l'Auberge
où il passait la nuit, et l'incendie
fit des progrès assez rapides pour oc-
casionner le plus grand tumulte.
Tout le monde s'empressa de l'é-
teindre, et ses gardes ne furent pas
les derniers à y travailler : on le
laissa sous la surveillance de deux
des plus déterminés ; la journée avait
été fatigante ; ils cédèrent bientôt
à la force du sommeil qui s'empara
de leurs sens. Le Lord en profita
pour se sauver. Quand il les vit tout
à fait endormis, il prit les habits
d'un garçon de ferme qu'il trouva
dans la chambre , et profita du
trouble général pour s'éloigner ;

mais comme il ne connaissait pas assez les environs, il fut rencontré par une troupe de paysans d'un hameau voisin qui accouraient au secours des incendiés, èt qui, le prenant pour un voleur, le ramenèrent à l'hôtellerie où les gardes le reconnurent et le remirent dans les fers. Ceux qui l'avaient laissé échapper furent condamnés à faire à pied le reste de la route, attachés à la queue de leurs chevaux ; et l'infortuné Seymour, gardé plus étroite-que jamais, perdit tout à fait l'espérance de soustraire sa tête au sort qui l'attendait.

CHAPITRE XX.

CEPENDANT les esprits crédules
triomphaient, et Seymour passait
plus que jamais dans l'esprit du
peuple pour un magicien puissant
qui pouvait changer à son gré les
lois de la nature, et contre lequel
tous les efforts du Roi ne pourraient
qu'échouer : peu satisfait de son
voyage, dont il espérait une issue
plus favorable, il venait d'arriver
à Londres, où Blanche, le Comte
et sa femme ne tardèrent pas à le
suivre. Il donna des ordres pour

qu'ils fussent logés dans les bâti-
mens extérieurs de la tour, sans pouvoir néanmoins communiquer avec
qui que ce fût ; il recommanda qu'on
eût pour eux tous les égards qu'ils
étaient en droit d'attendre, et qu'à
la liberté près, on s'empressât de
prévenir leurs moindres désirs ; mais
ils étaient réellement prisonni rs ,
et cette circonstance rendait leur
situation infiniment pénible.

Blanche surtout supportait plus
impatiemment que ses compagnons
d'infortune , qu'elle savait n'être
malheureux qu'à cause d'elle , une
captivité qui lui paraissait d'autant
plus rigoureuse qu'elle était injuste,
et que dans tous les cas elle ne de-

vait pas s'attendre à un pareil traitement. Cette conduite n'annonçait pas
dans son Père une tendresse bien
profonde pour la fille d'une femme
qu'il avait passionnément aimée, et
à laquelle il devait en quelque sorte
la Couronne qu'il portait. Ces réflexions, dont le Comte ne pouvait
pas se dissimuler la justesse, ajou-
taient encore à sa prévention que
son voyage au souterrain lui avait
donnée contre lui, et elle le regardait
comme un tyran plus occupé du soin
de maintenir sa puissance que capa-
pable de s'abandonner aux doux sentimens de la nature. Son respectable
Tuteur cherchait à calmer son ressentiment, autant qu'il était en son
pouvoir de le faire, mais intérieu-

rement il était loin d'approuver le procédé de Henri, dont il sentait toute l'injustice, et il se proposait de lui faire à cet égard des observations, dont il espérait qu'il sentirait la justesse, et de le ramener à des sentimens plus dignes de sa naissance et du rang auguste qu'il occupait.

Il y avait plus de huit jours que ces illustres infortunés étaient arrivés à Londres ; ils y languissaient dans une prison d'autant plus insupportable qu'il ignoraient le terme de leur captivité, et que le Roi paraissait les avoir bannis de son souvenir. Le Comte se hasarda de lui écrire pour lui représenter la situation où ils se trouvaient, et se plaindre de la

3.   M

rigueur d'un traitement qu'ils n'a-
vaient pas mérité; mais ne vou'ant
point l'aigrir, en donnant à sa récla-
mation le ton de véhémence et de
force qu'il était peut-être en droit
d'employer, il se contenta de lui
présenter le tableau de leur infortune, dans des termes qui, sans en
être moins énergiques, ne sortaient
pas néanmoins des bornes de la mo-
dération et du respect. Il chargea de
sa lettre le Gouverneur de la Tour,
qui venait les visiter régulièrement,
et qui lui promit de la remettre lui-
même au Roi.

Le Comte fut pendant trois jours
sans recevoir aucune réponse; il
commençait même à croire que le

Gouverneur n'avait pas voulu, ou n'avait pas trouvé l'occasion de remplir sa promesse, car depuis ce moment il avait cessé de le voir, et sa conduite à cet égard lui paraissait suspecte. Les malheureux sont naturellement portés à la défiance, et ce sentiment est d'autant plus pardonnable que tout leur semble d'accord pour les accabler. Il rêvait aux moyens de faire parvenir une seconde lettre au Roi, lorsque le Gouverneur parut et lui annonça qu'il avait ordre de le conduire dans la salle du Conseil, ainsi que sa Pupille et son Époux. Ils s'y rendirent aussitôt. Comme le Gouverneur ne s'était point expliqué, et que le Comte n'avait pas jugé convenable de lui

M 2

faire aucune question, il ignorait s'il s'agissait de leur faire subir un interrogatoire, ou de leur annoncer simplement les intentions du Roi ; car il était loin de présumer qu'il viendrait lui-même. Son incertitude ne fut pas de longue durée. Au bout d'un quart-d'heure, les portes s'ouvrirent et Henri parut. Ses regards n'annonçaient rien de sinistre ; mais il n'avait pas non plus cet air affable et généreux qui le caractérisait particulièrement. Sa contenance froide et mesurée indiquait la contrainte qu'il devait éprouver ; il était aisé de s'apercevoir de son trouble, qu'il déguisait sous l'extérieur de la dignité.

Sa présence, à laquelle Blanche ne

s'attendait pas , lui causa la plus
grande surprise , et la rendit comme
immobile ; elle se remit néanmoins
assez promptement , et s'avançant
avec respect vers le Roi , elle mit un
genou à terre , et prit une de ses
mains qu'elle porta jusqu'à ses lèvres.
Henri la releva et l'embrassa tendrement. Le Comte qui l'observait , s'a-
perçut , avec plaisir , de quelques larmes qui s'échappèrent de ses yeux.

Cette scène muette durait encore ,
lorsqu'on vint annoncer au Roi l'arrivée de Seymour. Cette nouvelle
produisit des effets bien différens sur
les personnes qui étaient présentes ,
suivant les sentimens dont elles é-
taient affectées. La satisfaction se

peignit sur le visage de Henri, le
trouble dans les yeux du Comte, et
Blanche tomba sans connaissance
dans les bras de la Comtesse.

Pendant qu'elle était occupée à la
rappeler au jour, le Lord entra dans
la salle, conformément à l'ordre
qu'avait donné le Roi, de l'y faire
venir. Il était chargé de fers; sa
contenance ferme, mais noble et
modeste, inspirait le plus vif intérêt.
Tout le monde, et Henri peut-être le
premier, plaignait intérieurement
son sort. Il n'était coupable que parce
qu'il avait été malheureux; et si la
chance eût tourné différemment, au
lieu de l'échafaud qui l'attendait, la
pompe et les honneurs eussent envi-

ronné sa tête. S'il avait combattu
pour un véritable rejeton de la
branche d'Yorck, il eût intéressé
davantage ; mais il avait un tort
que les personnes mêmes les plus in-
dulgentes ne pouvaient se dissimuler,
c'était d'avoir embrassé le parti d'un
imposteur, reconnu pour tel, et d'a-
voir troublé, par une agression injuste et criminelle, la tranquillité
de son pays.

Ce ne fut pas sans la plus grande
surprise, que Seymour reconnut
Blanche ; son premier mouvement
fut de voler à son secours ; mais la
présence du Roi le retint ; il ne put
que lever les yeux au Ciel, et pousser un profond soupir. Cependant

Henri avait fait signe à sa suite de
se retirer ; demeuré seul : « Il est
donc enfin en mon pouvoir, s'écria-
t-il, cet ennemi superbe et farouche
qui dédaigna toujours mon amitié,
et préféra le parti d'un rebelle à
celui de son légitime Souverain !
Que t'avais-je fait pour vouloir
m'arracher la Couronne et la vie ?
Malheureux jeune homme ! quelle
erreur t'aveugla, et t'aveugle peut-
être encore ? Est-ce l'ambition qui
t'a mis les armes à la main ? Qui
mieux que moi pouvait la satisfaire ?
N'avais-tu que soif de mon sang ?
Il fallait avoir le courage de le répandre, et ne pas entraîner mes Sujets
dans une révolte qui m'a forcé de déployer contre eux toute la rigueur des

lois. Tu me forces à te punir, quand
je voulais ne te montrer que les
sentimens d'un père ! — La fortune
et le sort des armes vous ont favorisé, lui répondit Seymour ; vous
n'êtes fort que de mon malheur ; je
suis en votre puissance, ordonnez
de mon sort ; je ne m'abaisserai point
à vous demander grâce : je n'ai pas
attenté sur vos jours, parce que je
n'étais point un assassin. J'ai bravé
la mort dans les combats, je saurai
la voir d'un œil ferme sur l'échafaud : mais vous ne m'empêcherez
pas, tout puissant que vous êtes,
d'emporter en mourant l'espoir d'une
prompte vengeance. Le glaive est
suspendu sur votre tête, et vos efforts, tels qu'ils soient, ne l'en dé-

tourneront pas. Je suis prêt à mourir ; mon crime, si je suis coupable,
est avéré ; qu'attendez-vous pour
ordonner mon trépas ? »

Blanche avait promptement repris l'usage de ses sens ; la présence
et le danger de son Amant produi-
sirent sur elle plus d'effet que tous
les secours que la Comtesse s'était
empressée de lui prodiguer. On peut
juger de la situation où ce spectacle
inattendu l'avait mise : elle frémit
de la réponse ferme et pleine de
courage du jeune Lord : il eut à
peine cessé de parler, qu'elle s'avança
vers le Roi, et se jetant de nouveau
à ses pieds, elle implora de sa clémence la grâce de Seymour.

« Je ne sais, reprit Henri, avec un mouvement de colère qu'il ne fut sans doute pas maître de réprimer, je ne sais quel rapport vous pouvez avoir avec cet homme ; mais ce que je viens de voir excite en moi plus que de la surprise ; et l'état où vous êtes me donnerait lieu de soupçonner.... — Eh ! que pourriez-vous soupçonner, répliqua Seymour, en jetant sur Henri un regard où se peignaient à la fois l'indignation, la rage et la fierté ; que je l'aime ? Eh bien ! oui, je l'aime, et sa douleur vous dit assez qu'elle me paye du plus tendre retour. — Elle vous aime ! — N'en doutez pas. — Et vous avez le front de m'en faire l'aveu ! — Qu'a-t-il qui puisse vous

offenser ? Depuis quand un amour
pur et fondé sur la vertu passe-t-il
pour un crime ? Quels sont vos droits
sur Blanche, pour condamner les
affections de son cœur ? Elle ne tient
rien de vous ; elle ne vous doit aucun
compte de ses actions, quand elles
ne blessent ni la justice, ni l'ordre
social, et tout acte qui tend à les
gêner est tyrannique et vexatoire. »
Le Roi ne répondit rien : il comprit
par le discours du Lord qu'il n'était
point instruit de la naissance de
Blanche, et ne voulant pas prolonger une discussion dans laquelle
il n'avait que l'avantage que lui donnait sa puissance, il appela son Capitaine des Gardes, et lui donna
l'ordre de faire conduire Seymour

dans la prison qu'il avait déjà occupée, et de recommander au Concierge de la Tour de le surveiller de
manière à ce qu'il ne s'échappât point
une seconde fois.

Lorsque Seymour fut sorti , le
Comte, qui n'avait pas lieu d'être
satisfait de la conduite de Henri à
son égard, lui demanda, avec cette
noble fierté qui caractérise toutes
les actions de l'homme de bien, de
quel droit il le retenait prisonnier,
ainsi que sa femme et Blanche ; quel
était le crime qu'ils avaient commis
pour être traités avec autant de rigueur, et si c'était ainsi qu'il payait
les services qu'il avait été assez heureux de pouvoir lui rendre dans un

3.   N

temps où il était encore loin de prévoir sa haute destinée. « Ce n'est pas
que je vous les reproche, Sire,
ajouta-t-il ; je serais prêt à donner
encore ma vie pour vous ; je ne les
rappelle à votre mémoire, que parce
que vous para ssez les avoir oubliés.
Je ne vous en demande point la récompense : j'ai appris à me passer
des Rois et de leur faveur. Tout ce
que je vous demande, c'est ma liberté, c'est celle de cette infortunée
sur laquelle vous exercez des droits....
— Qui m'appartiennent, et qu'on
ne saurait me contester, répondit
Henri avec quelque émotion. Ne
vous souvenez-vous plus de l'aveu
que vous m'avez fait ? Blanche n'est-
elle pas ma Fille ? — Oui, sans

doute, elle l'est; que dis-je, et quelle
erreur m'abuse? Blanche est Fille
de Berthe et du Comte de Richemont, le Roi d'Angleterre n'est que
son tyran. — Et vous osez.... — Etre
vrai, Sire : est-ce pour la rendre
malheureuse que vous invoquez des
droits.... — Ne sont-ils pas sacrés?
— Oui, Sire, ils le sont; ils de-
vraient l'être au moins ; et votre
devoir, je puis vous le dire, et j'en
aurai le courage, n'est pas d'en abuser. Vous ne devez exercer ces droits,
si chers pour quiconque porte un
cœur sensible, que pour la rendre
heureuse. Tout ce qu'elle vous demande, ainsi que moi, c'est de nous
rendre à notre désert, où nous pas-
serons notre vie sans ambition

N 2

comme sans désirs, et contens du
sort qui nous est échu en partage.
— Ma Fille n'est point faite pour
habiter un pareil séjour ; il ne vous
convient pas davantage, et mon intention n'est pas de vous y laisser.
Mais, dites-moi, c'est un dernier
service que je vous demande, et je
connais trop votre franchise pour
craindre aucune dissimulation de
votre part : quelles sont vos relations
avec Seymour ? D'où le connaissez-
vous ? Je ne vous fais pas l'injure
de soupçonner que vous ayiez été
instruit de ses complots criminels :
je sais rendre justice à votre pro-
bité ; j'honore votre vertu ; mais
comment justifier l'intimité où vous
paraissez être avec un scélérat digne

du dernier supplice ? — Vous lui prodiguez, Sire, des noms qui ne lui conviennent point. Il peut avoir eu des torts que sa jeunesse et son inexpérience rendaient excusables, je les ignore : il est malheureux ; mais il n'est point un scélérat. Tout ce que j'en puis dire, c'est que depuis près d'une année que le hasard m'a mis à portée de lui rendre quelques services, dont il a conservé la plus tendre reconnaissance, je n'ai remarqué en lui que des qualités et pas un seul défaut. Une estime réciproque nous a liés ; le temps a fait le reste. — Mais Blanche. . . . — Blanche n'est pas plus coupable que moi ; elle a rendu justice à son mérite, ce n'est point un crime. —

N 3

Elle l'aime ; je ne m'en suis que trop aperçu ; je n'en saurais douter. — Rien de plus naturel : il n'a point dédaigné son infortune sans la connaître ; car il ignore les augustes parens dont elle tient le jour : il avait mis à ses pieds son rang et ses richesses : son projet était de lui rendre ce que le sort lui avait enlevé, et de réparer en quelque sorte son injustice. Leur amour était mutuel ; je devais le couronner à l'époque que j'avais prescrite. Le sang d'un des premiers Gentilhommes de votre Royaume pouvait bien s'allier au vôtre sans le déshonorer ; je l'ai cru du moins, et je le crois encore : voilà notre crime. — Ainsi, sans mon aveu, vous disposiez de ma

Fille. — Que vous ne connaissiez pas, que vous ne deviez jamais connaître , puisque sa malheureuse Mère n'existait plus pour vous , et que vous aviez rompu les liens qui vous unissaient avec elle , par votre mariage avec Elisabeth. — Berthe elle – même avait fait publier sa mort, je devais me croire libre. — Je suis bien éloigné, Sire, de vous reprocher des nœuds tissus par la Politique , et qui ont affermi dans votre Maison la Couronne d'Angleterre, à laquelle vous n'aviez que des droits très–éloignés. — Ce n'est pas à vous qu'il appartient d'en juger. — Je le sais, et je n'en ai parlé, Sire , que pour convaincre votre Majesté de la droiture de mes intentions. —Vous n'en avez pas moins excédé les bornes du pouvoir qui vous avait été donné. — Votre auguste Epouse m'avait remis tous ses droits, et s'il faut vous dire plus, son projet était que vous puissiez à jamais ignorer son existence et celle de votre Fille, non qu'elle doutât de vos sentimens ; mais pour vous épargner des regrets superflus. — Sa mémoire m'en sera plus chère, mais vous, votre devoir était de remettre, immédiatement après sa mort, ma Fille entre mes mains ; vous ne l'avez point fait, c'est un abus de confiance punissable, et que mon indulgence seule peut excuser. — Ainsi les Rois, c'est un malheur attaché sans doute au rang suprême, ou—

blient promptement les services
qu'on leur a rendus ! Que serait devenue sans moi votre malheureuse
Epouse? Que serait devenue cette
Fille, sur laquelle vous réclamez
aujourd'hui des droits, qui vous
sont acquis à la vérité, puisqu'elle
vous appartient; mais dont vous ne
devez faire usage que pour son bonheur? — Je n'ai pas d'autre intention que de la rendre heureuse, et
c'est pour m'occuper de lui assurer
un sort digne d'elle, que je l'ai fait
venir à Londres. Son intérêt, le
mien et le vôtre peut-être exigent
qu'elle demeure encore dans ces
lieux ainsi que vous; mais regardez-
les moins comme une prison que
comme un asile inviolable. Conti-

nuez de donner vos soins à ma
Fille, et comptez sur ma gratitude.
— Je n'agis point par aucun motif
d'intérêt ; ma naissance et le sort
m'ont mis au-dessus des bienfaits
des Rois. — J'aime à le croire ; mais
je sais quel est mon devoir, et je
le remplirai. Sur-tout que ma Fille
bannisse Seymour de son souvenir ;
qu'elle le haïsse, s'il est possible,
autant que je le hais moi-même :
c'est vous que je rends personnellement responsable de sa conduite à
cet égard. »

Le Comte allait répondre ; mais
le roi qui ne sentait que trop que
s'il avait raison, comme roi de la
Grande-Bretagne, il avait tort aux

yeux de la Nature, était déjà loin,
et il ne fut pas possible au généreux défenseur de Blanche de faire
entendre sa voix. Lorsque son père
fut sorti, Blanche exhala son ressentiment, qu'elle avait à peine contenu
pendant qu'elle était en sa présence.
« Le barbare, s'écria-t-elle, quel
est son funeste projet? veut-il m'as-
socier à sa cruelle politique et m'en
faire partager les fruits que je dé-
teste? — Je conçois votre peine, lui
répondit le Comte avec douceur,
et en cherchant à la calmer; mais
vous ne devez pas oublier que Henri
est votre Père, et qu'à ce titre vous
devez respecter ses volontés. — Il
abuse de ses droits, reprit-elle avec
énergie, je ne vois plus en lui qu'un

tyran. — Si j'ai un conseil à vous
donner, ma chère Fille, souffrez
que ce nom si doux me soit encore
permis, c'est de respecter son autorité, de tâcher de vous y soumettre, d'oublier, s'il est possible,
Seymour... — Oublier Seymour!
— Bientôt, je le dis à regret.....
— Je vous entends; mais l'oublier!
je n'en suis pas capable; je renon-
cerais plutôt à la vie qu'à ma tendresse : je ne vous cache plus que
je l'aime, que je l'aime au-delà de
tout ce que vous pouvez imaginer,
et que, s'il faut qu'il périsse, je
ne tarderai pas à le suivre dans le
tombeau. » Le Comte et la Comtesse employèrent, pour la calmer,
tous les moyens qui étaient en leur

pouvoir ; mais son cœur était trop préoccupé de son amour, et trop ulcéré contre le Roi, pour que ce pût être l'ouvrage du moment.

Il s'était écoulé plus d'un mois depuis cette entrevue ; ils continuèrent d'être traités avec beaucoup d'égards ; mais ils n'entendirent point parler de Henri, qui paraissait les avoir oubliés : le Comte lui avait écrit deux fois et n'en avait point reçu de réponse. Ils n'avaient de communication qu'avec le Gouverneur de la Tour, qui venait les visiter assez souvent, mais qui était impénétrable sur ce qui se passait, surtout à l'égard de Seymour. Cet état d'incertitude était un véritable

3.   O

supplicé ; mais telle était leur malheureuse position , qu'ils ignoraient combien de temps ils avaient encore à languir dans leur prison , et que le Roi semblait prendre à tâche de prolonger leurs tourmens.

CHAPITRE XXI.

CETTE affaire n'avait pas laissé de faire du bruit; elle occupait toutes les têtes, et chacun en parlait diversement. La Renommée qui se plaît à grossir les objets, et qui ajoute aux faits les plus simples des circonstances merveilleuses, parce que le merveilleux est toujours sûr de produire un grand effet sur la multitude, la Renommée publiait avec affectation que la jeune personne que l'on tenait enfermée dans un des pavillons avec sa famille était la maî-

tresse du Lord Seymour : le Roi,
suivant le bruit populaire, en était
devenu amoureux, et l'avait fait
enlever pour son compte; il ne pour-
suivait même la condamnation
du malheureux Lord avec tant d'a-
charnement, que pour se débarrasser
d'un rival d'autant plus dangereux
pour lui, qu'il était aimé. Ce conte,
tout absurde qu'il était, trouvait
beaucoup de partisans, même dans
une certaine classe qui en aurait dû
sentir le ridicule. Au reste, on ne
parlait que de la jeune prisonnière,
et la visite que le Roi lui avait faite
avec une espèce de publicité, au lieu
de détruire cette bizarre opinion, ne
servit qu'à lui donner encore plus
de poids.

Ces bruits ne tardèrent pas à parvenir jusqu'à la Reine. On lui rapporta que son Époux rendait de fréquentes visites à sa prisonnière, et
qu'il en était si violemment épris,
qu'il paraissait dans l'intention de
ne rien négliger pour lui plaire. Il
n'en fallut pas davantage pour ex-
citer dans son cœur un mouvement
de jalousie. Elle chargea des personnes sûres et dignes de sa confiance de prendre à cet égard les
renseignemens les plus exacts. On
lui dit qu'on ignorait quels pouvaient être les projets du Roi à l'é-
gard de la jeune personne ; mais
qu'elle frémissait au seul nom de
Henri, et que dans la seule entrevue qu'elle avait eue avec lui, sa

O 5

présence avait fait une telle impression sur ses sens, qu'elle était aussitôt tombée sans connaissance. On
ajoutait que le Roi, de plus en plus
frappé de ses charmes, ne voulait
faire périr son amant que dans la
vue d'écarter les obstacles qui s'op-
posaient à sa flamme; qu'elle paraissait d'ailleurs d'une naissance
distinguée, et qu'enfin les personnes
qui l'accompagnaient et dont on
présumait qu'elle tenait le jour,
imprimaient au premier aspect,
un sentiment respectueux, dont on
avait peine à se défendre.

Tout absurdes qu'étaient ces
bruits, surtout à l'égard de l'amour
qu'on supposait à Henri, ils ne lais-

saient pas que de prendre une certaine consistance, et la Reine, quoiqu'elle en sentît le ridicule, y
croyait cependant assez pour céder
à la jalousie qu'ils lui inspiraient.
Mais comme elle était non moins
sensible que bienfaisante, elle fut
touchée de la situation de Blanche,
et s'intéressa d'autant plus à son
sort et à celui de son Amant, que
c'était un moyen sûr de s'opposer
aux projets de son Epoux, et d'é-
teindre sa flamme, supposé qu'il
fût réellement épris de Blanche, en
éloignant de lui l'objet de sa passion.

Elle résolut en conséquence de
soustraire, à tel prix que ce fût,

Blanche et Seymour au pouvoir
de son Epoux, et de les éloigner
de sorte qu'il ne fût plus le maître
de poursuivre ses projets tels qu'ils
pussent être. Cette entreprise était
délicate et d'une exécution difficile ;
elle profita, pour en venir à bout,
d'un voyage de plusieurs jours que
le Roi devait faire dans le Comté
de Kent , pour visiter un établissement de commerce, auquel il pre-
nait le plus grand intérêt.

La Reine fit venir le Concierge
de la Tour, qui avait été autrefois
attaché au service de son Père, et
qui lui devait le poste de confiance
qu'il occupait : elle le questionna
sur les personnes confiées à sa garde ,

et son rapport confirmant tout ce
qu'on lui avait dit, d'avantageux,
tant sur le compte de Blanche que
sur celui de Seymour, elle prit les
mesures nécessaires pour leur rendre
la liberté, et les arracher l'un et
l'autre au sort qui les menaçait.

Richard, c'était le nom du Concierge, n'avait rien à refuser à la
Reine ; il lui promit de s'occuper
des moyens de la satisfaire, sans
toutefois se compromettre, ni aucun
de ceux à la garde desquels les prisonniers étaient confiés ; il s'agissait
de les faire évader furtivement,
et de s'y prendre de manière à ce
qu'ils fussent déjà loin, avant qu'on
pût s'apercevoir de leur fuite.

La Reine approuva tous ses plans ;
elle s'en rapporta entièrement à lui
sur leur exécution, et lui remit les
fonds dont il pouvait avoir besoin
pour en assurer le succès. Richard,
en conséquence, alla trouver Blanche,
et lui dit que si elle voulait être
confiante et discrète, son Amant et la
liberté lui seraient rendus. Blanche
hésita d'abord : craignant qu'on ne
lui tendît un piége, car tel est le sort
des malheureux, qu'ils soupçonnent
même ceux dont ils n'ont rien à redouter; elle ne fit au Concierge qu'une
réponse équivoque, qui ne pouvait
nuire à son repos ni aux intérêts des
personnes qui lui étaient chères.

Richard ne s'aperçut que trop que

Blanche se défiait de lui; il ne crut pas devoir insister, et fut rendre compte à la Reine du peu de succès de son message. Le lendemain il revint à la charge; et d'après les instructions que la Reine lui avait données, il dit à Blanche qu'il n'était que l'agent d'une Dame du plus haut rang qui s'intéressait vivement à son sort, et qui voulait la rendre heureuse en brisant ses fers et ceux de Seymour. « Le temps presse, Madame, ajouta-t-il, n'hésitez pas plus long-temps, ou votre Amant est mort : il touche au moment d'être condamné, et demain peut-être ne dépendra-t-il plus de vous de lui sauver la vie. »

Blanche frémit. Le danger était

pressant, et sa situation de momens
en momens devenait plus difficile.
Elle ne voulut pas néanmoins se dé-
terminer que Seymour ne lui écrivît
pour approuver sa résolution. L'o-
bligeant Concierge s'empressa de la
satisfaire; il lui apporta deux heures
après, un billet écrit tout entier de
la main de Seymour, et qui ne contenait que ce peu de mots : *Confiance
et résignation ; c'est le seul parti
que nous ayions à prendre.*

SEYMOUR.

Il ne restait à Blanche, dans la
circonstance où elle se trouvait,
d'autre moyen pour sauver son
Amant, que de profiter de l'offre
avantageuse qui lui était faite; ce

fut l'avis du Comte et de la Comtesse. Elle répondit en conséquence à Richard que, sans chercher à pénétrer le mystère dont paraissait vouloir s'envelopper sa bienfaitrice, elle était prête à se conformer à ses ordres, et qu'elle s'abandonnerait aveuglément à tout ce qui lui serait prescrit de sa part. Richard, au comble de la joie d'avoir réussi dans une entreprise dont le succès lui avait paru douteux, lui dit de se tenir prête, et qu'à minuit il viendrait la prendre avec les personnes de sa suite, pour la conduire dans un asile où elle et son Amant, seraient à l'abri des poursuites et de la vengeance de Henri.

Le jour penchait vers son déclin,

5.   P

lorsque Blanche reçut une nouvelle
visite de Richard ; sa présence inattendue fit sur elle une impression
qu'elle ne fut pas maîtresse de dégui-
ser ; il s'en aperçut et s'empressa de
la rassurer. Il lui remit une bourse
qui contenait une somme assez considérable en or, et un petit coffre
rempli de pierreries qu'il était chargé de lui présenter comme un gage
de l'amitié de sa protectrice, qui ne
se ferait connaître que lorsqu'elle serait à l'abri de tout danger. Il ajouta
que les ordres étaient donnés pour
que Blanche et les personnes qui l'accompagnaient , ne maquassent de
rien dans l'asile où elle se proposait
de les faire conduire, et se retira en
lui recommandant le secret le plus

inviolable sur ce qui s'était passé à cet égard.

On peut juger des mouvemens divers qui agitèrent le cœur de Blanche et de ses compagnons d'infortune, en attendant l'heure fixée pour leur délivrance ; enfin elle sonna, cette heure tant désirée. Richard fut exact à tenir sa promesse. L'horloge de la Tour avait à peine sonné minuit, qu'il parut. Il avait ménagé leur sortie de manière qu'ils n'éprouvèrent aucun obstacle. Il leur fit traverser à pied les rues de Londres, jusqu'à l'endroit désigné pour leur réunion avec Seymour qui, de son côté, devait s'y rendre. Ils y trouvèrent une voiture et Seymour

qui les y avait devancés , et qui
les attendait avec autant d'impatience qu'il pouvaient en avoir de se
réunir à lui. Ils y montèrent sans
perdre de temps , et lorsque le jour
parut, ils se trouvaient déjà à près
de vingt milles de Londres.

Ils étaient si troublés dans les premiers momens de leur départ , qu'à
peine pouvaient-ils proférer une parole ; ils revinrent enfin à eux-mê-
mes, et leur première pensée fut de
se féliciter d'être échappés, par une
espèce de miracle, au sort funeste qui
paraissait leur être réservé , si toutefois il leur était possible de gagner l'a-
sile où on leur avait promis le repos
et la paix. Ils ne savaient à quel

motif, autre que la pitié, attribuer la protection de cette grande Dame à laquelle ils étaient redevables de leur délivrance, et qui, si l'on en jugeait par la richesse de ses dons, ne pouvait être qu'une personne du plus haut rang : leurs pensées néanmoins ne s'élevaient pas jusqu'à la Reine, qui en général avait peu de crédit, et qui, par goût autant que par caractère, vivait, quoiqu'à la Cour, dans une retraite assez profonde. La situation de ces malheureux fugitifs aurait été vraiment délicieuse, si elle n'avait pas été troublée par la crainte de retomber au pouvoir de leur implacable ennemi, qui ne manquerait pas de hâter sa vengeance.

Seymour leur raconta que d'après les paroles consolatrices qui lui avaient été portées par le Concierge de la part de cette même Dame, qui s'intéressait à son sort, il avait conçu les plus douces espérances ; mais qu'à l'heure désignée pour jouir de ses bienfaits, il avait cru toucher à son dernier moment. Au lieu du Concierge qu'il attendait, il vit entrer dans sa chambre un Guichetier qui lui était inconnu, et qu'accompagnait un Officier suivi de quatre Soldats. Le Guichetier le remit entre les mains de cet Officier, qui lui ordonna de le suivre. On lui banda les yeux avant de sortir de la Tour : il marcha une demi-heure environ dans cet état, accom-

pagné de deux guides auxquels il
donnait le bras ; et lorsque son bandeau tomba, il ne vit plus qu'un
homme près de qui se trouvait
une voiture dans laquelle on le fit
monter.

Il avait pendant le chemin ques-
tionné ses conducteurs, qui ne lui
répondirent autre chose, sinon qu'ils
exécutaient les ordres qui leur avaient
été donnés, et que leur mission allait bientôt être remplie. Il crut un
moment qu'il avait été trahi, et
qu'au lieu de le délivrer, on le conduisait à la mort. Il n'avait même
été pleinement rassuré, qu'en se trou-
vant réuni à l'objet charmant, dont il
s'était cru séparé pour toujours.

Revenus de la première ivresse où
les avait jetés une réunion aussi
inespérée, leur curiosité se porta
naturellement sur la généreuse bienfaitrice qui venait de briser leurs fers;
mais leurs conjectures à cet égard
ne pouvaient être que vaines. Ils
étaient loin de s'imaginer que c'était
la Reine à laquelle ils devaient le
changement de leur sort, et ce n'é-
tait pas sur elle que se portait leurs
pensées. Ils n'en savaient pas davantage sur la route qu'on leur faisait
tenir ; mais que leur importait,
pourvu qu'ils ne fussent point sé-
parés, et qu'ils n'eussent rien à redouter de la colère du Roi.

Pour Seymour, son ivresse était

telle que sa tête ne paraissait plus
à lui, et qu'il ne tenait que des discours sans suite. Le passage subit
de l'affliction la plus profonde à l'espoir le plus doux, était plus que
suffisant pour justifier son délire ;
mais c'était moins la crainte du danger qu'il avait couru, que la joie
qu'il éprouvait de se voir si près de
l'objet de sa tendresse, qui causait
le désordre de ses sens.

Ils s'apperçurent bientôt qu'ils tenaient la route de l'Ecosse, et ils
furent d'autant plus satisfaits de
cette découverte, qu'une fois arrivés, ils pourraient y vivre dans la
sécurité la plus profonde. Le jeune
Lord, qui ne voyait que Blanche,

qui ne respirait que pour elle, et
qui attachait le bonheur de sa vie
à la possession de sa main, s'adressant au Comte, qui cherchait à calmer la fougue de ses transports :
« Vous me l'avez promise, lui dit-
il ; son cœur ne m'a point repoussé,
j'ose même croire que j'en suis le
choix ; je vous somme de votre parole : pardon si l'expression ne ré-
pond pas à mes idées ; je vous demande en grâce, lorsque nous serons
tout-à-fait à l'abri des poursuites
de notre redoutable ennemi, de ne
pas différer plus long-temps mon bonheur. S'il me faut mourir, je regrette-
rai moins la vie, en emportant dans le
tombeau le nom de son époux. — Je
ne demande pas mieux, lui répondit

le Comte; j'avouerai même que votre
mariage est le but où tendent tous
mes vœux, persuadé que le bonheur de Blanche, que j'aime comme
ma propre Fille, y est essentielle-
ment attaché ; mais notre sort est
encore enveloppé d'un voile que jusqu'à ce moment il ne nous a pas été
permis de percer ; et il faut que
nous sachions au moins à quoi nous
en tenir avant de pouvoir rien dé-
cider à cet égard : il faut qu'un
établissement stable et solide fixe
notre sort d'une manière invariable,
et ce n'est pas l'ouvrage du moment; mais je vous renouvelle avec
plaisir la parole que je vous ai donnée, que Blanche n'aura pas d'autre
époux. Notre sort dépend en quelque

sorte de notre Bienfaitrice. Quelle
est cette personne généreuse à qui
nous devons l'avantage d'être réunis ? Quelles sont ses intentions ? Qui
sait le sort qu'elle nous réserve ?
Elle a trop fait jusqu'à ce moment
pour ne pas achever son ouvrage.
Si j'en juge par la richesse de ses
dons, et plus encore, par la témérité
de son entreprise, ce ne peut, ce ne
doit être qu'une personne du plus
haut rang ; mais son nom est la
seule chose qu'elle paraît avoir voulu
dérober à notre connaissance. J'ai
tenté de prendre à cet égard quelques informations; mais on m'a répondu que le temps de la connaître
n'était pas arrivé, et qu'il viendrait
un instant où mes désirs seraient

remplis ; c'est à cette époque seulement, qui n'est pas éloignée , je
me plais du moins à le croire, que
nous pourrons nous occuper de votre
bonheur, dont je ne désire pas moins
que vous de hâter le moment. Je mets
cependant une condition à la main
de Blanche; c'est de renoncer à tout
esprit de parti , et de ne plus exposer, par une folle témérité , des
jours qui ne vous appartiendront
plus, et sur lesquels votre Épouse
aura désormais les droits les plus
sacrés. C'est à ce prix seul que vous
obtiendrez sa main ; voyez si vous
l'aimez assez pour lui faire ce sacrifice. — Si je l'aime, reprit Seymour
avec chaleur ! si je l'aime ! je vous
le prouverai ; rien ne me coûtera

3. Q

pour mériter le titre de son Époux.
Je fus un insensé ; un faux point
d'honneur m'aveugla ; ma Patrie
m'est chère, et je déchirais son sein ;
le flambeau des guerres civiles était
éteint, et je cherchais à le rallu-
mer ; le bandeau qui s'était épaissi
sur mes yeux vient de tomber ; je
reconnais mon erreur, et je l'abjure.
La fortune et le sort des armes ont
porté Henri sur le Trône, qu'il en
jouisse en paix ; qu'il rende mon
pays heureux, je n'en demande pas
davantage. Je n'ai plus d'autre ambition que d'être l'Époux de Blanche ;
je ne veux aimer qu'elle, ne m'occuper que d'elle ; tout le reste m'est
étranger. Si ma Patrie a besoin de
mon bras pour s'opposer aux efforts

d'un ennemi puissant ou d'un voisin inquiet qui tenterait de l'asservir, je suis Gentilhomme, je suis Anglais, je saurai m'immoler pour elle : mais je renonce à tout esprit de parti, à toute division intestine ; recevez le serment que j'en fais. — Je le reçois, et Blanche est à vous ».

Il leur restait encore du chemin à faire pour respirer à l'abri de la vengeance du Roi qu'il avaient à redouter tant qu'il seraient sur les terres de sa domination ; ils ne doutaient pas qu'à l'instant où leur fuite serait connue, on ne mit à les poursuivre toute l'activité qu'il serait possible d'employer, et cette crainte ne laissait pas que de les troubler. Tout leur était suspect, et Blanche surtout tremblait à chaque instant qu'on ne vînt arracher son Époux de ses bras, pour le traîner à l'échafaud. C'était en vain que le Comte et Seymour tentaient de la rassurer; la crainte, plus forte que tous leurs raisonnemens, ne cessait de s'emparer de son esprit et d'ajouter à l'horreur de sa situation Le Comte, quoiqu'il n'en témoignât rien, n'était pas plus tranquille; pour Seymour, le sacrifice de sa vie était fait; il avait juré de périr plutôt que de retomber au pouvoir de son en- nemi, et il était homme à tenir sa parole; mais cette alternative n'en était pas moins cruelle, et cette idée affligeante empoisonnait le plaisir qu'ils avaient de se voir encore une fois réunis.

Un événement inattendu vint augmenter leurs craintes : ils furent attaqués à l'entrée de la nuit dans un bois assez épais, par une troupe de brigands qu'ils prirent pour des satellites envoyés pour les arrêter. Résolus de vendre chèrement leur vie, le Comte et Seymour se défendirent en désespérés. Seymour surtout fit des prodiges de valeur incroyables ; cinq des brigands mordirent la poussière sous ses coups, et le reste prit la fuite. Qu'on juge de la situation de Blanche pendant ce terrible combat, qu'ils eurent à soutenir contre dix hommes déterminés , dont trois seulement échappèrent. Le Comte ni Seymour ne furent pas même blessés , et ils continuèrent leur route sans qu'il leur arrivât rien d'extraordinaire. Ils firent seulement leur déclaration dans le bourg voisin, où ils se gardèrent bien de prendre leurs titres, se faisant passer pour des Négocians que leurs affaires appelaient à Edimbourg. On se mit sur-le-champ à la poursuite des voleurs , qui furent arrêtés dans leur repaire avec d'autres de la même bande et conduits dans les prisons, pour être jugés dans la Session la plus prochaine.

Le surlendemain ils parvinrent

aux frontières de l'Écosse, qu'ils se
hâtèrent de franchir : ce fut là seulement qu'ils commencèrent à respirer : cette heureuse terre était pour
eux le port du salut. Là cessait le
pouvoir de Henri ; là son courroux
impuissant ne pouvait éclater qu'en
menaces, et les effets n'en étaient
point à craindre. N'ayant plus rien
à redouter, ils rallentirent leur
marche, et goûtèrent un repos dont
ils avaient besoin après les fatigues
et les traverses qu'ils avaient éprouvées depuis leur départ. Ils arrivèrent
enfin dans une habitation située à
l'extrémité d'un petit village qui
n'était pas éloigné du bord de la
mer. Ils y furent accueillis avec tous
les égards dûs à leur rang et à leur

infortune. C'était l'asile dont la
Reine avait fait choix pour les recueillir, et où elle avait fait disposer tout, de manière qu'ils pussent
y trouver tout ce qui serait nécessaire pour leur assurer une existence
heureuse et paisible. Lorsque la personne à laquelle on les avait adressés,
les eut mis en possession de la retraite qui avait été destinée pour
les recevoir, le Comte lui demanda
s'il ne leur serait pas possible de
connaître la main généreuse à la-
que ils étaient redevables de si
grands bienfaits : elle lui remit pour
toute réponse la clef d'un secrétaire
qu'elle lui désigna, et partit ensuite
pour aller rendre compte de la mission dont on l'avait chargée.

CHAPITRE XXII

ET DERNIER.

Une conduite aussi mystérieuse était bien faite pour piquer la curiosité, et ces infortunées victimes du sort avaient trop d'intérêt à connaître leur bienfaitrice, pour ne pas s'empresser de satisfaire un vœu si légitime. Ils furent droit au secrétaire et l'ouvrirent. La première chose, qui s'offrit à leurs yeux, fut une bourse pleine d'or, avec ce peu de mots : *Pour votre usage.* Auprès était un petit coffre cacheté sur lequel on lisait : *Pour n'être ouvert que huit jours après votre arrivée.* Quelqu'impatience qu'ils eussent d'être instruits de leur sort , ils crurent devoir respecter les intentions de leur protectrice , et le coffre fut remis dans le secrétaire pour n'être ouvert qu'au terme prescrit.

—

L'habitation qu'on leur avait préparée réunissait tout ce qu'ils pouvaient désirer , tant pour l'utilité que pour l'agrément : elle ne brillait point par un luxe aussi ridicule que superflu ; mais elle offrait une simplicité bien préférable et à laquelle leur situation actuelle ajoutait un

nouveau prix. Habitans d'un pays
qui n'était pas sous la domination
de Henri, ils se flattaient d'y trouver
enfin un repos qui leur était bien
dû, après toutes les traverses qu'ils
avaient essuyées.

Plus épris que jamais des charmes
de Blanche, Seymour ne tarda pas
à rappeler au Comte la promesse
qu'il lui avait faite : « Je ne l'ai
point oubliée, lui répondit-il ; mais
un nouvel incident me force d'en re-
tarder l'exécution : les huit jours de-
mandés pour l'ouverture du coffre
mystérieux ne sont pas un délai trop
long pour ne pas attendre qu'ils
soient expirés ; il est peut-être im-
portant pour nous d'en connaître le,

contenu ; mais quel qu'il puisse être,
je vous promets de nouveau que
Blanche sera votre Épouse : je vous
répète avec plaisir que je ne crois pas
pouvoir faire un choix qui soit plus
digne d'elle, et qu'en vous donnant
sa main, je remplirai les intentions
de sa mère. Vous vous rappelez les
conditions auxquelles je vous l'ai
promise ; je ne veux d'autre garant
que votre parole : faites son bonheur ; les vœux de sa Mère et les
miens seront remplis. »

Le Comte crut alors devoir instruire Seymour de la naissance de
Blanche, dont jusqu'à ce moment il
lui avait fait un mystère : il lui fit
connaître les motifs qui avaient en-

gagé sa Mère à ne point réclamer les
droits que lui donnaient son mariage
avec Henri, et que ce Prince aurait
dû faire valoir dès l'instant où il
avait appris l'existence de sa Fille,
et dont il paraissait au contraire
ne s'être souvenu que pour la persécuter.

Le jeune Lord ne fut pas médiocrement surpris en apprenant que
Blanche devait le jour à son plus
implacable ennemi, et qu'elle était
d'une naissance bien au-dessus de
la sienne. Il craignit que cette circonstance ne mît un obstacle à son
mariage; mais le Comte s'empressa
de le rassurer, en lui disant que,
résolu ne plus habiter aucun pays

5.   R

de sa domination, il avait d'autant moins de ménagemens à garder
vis-à-vis de lui, qu'il avait oublié
qu'il était Père, pour ne se souvenir
que de sa puissance ; que sa Mère
lui avait remis en mourant tous ses
droits sur sa Fille, et qu'il en use-
rait pour assurer son bonheur : cette
promesse calma les inquiétudes de
Seymour, qui ne cessait de soupirer
après l'heureux instant, où il verrait
enfin combler ses vœux.

Comme il n'était pas convenable
que le Lord, jusqu'au moment de
son mariage, habitât la même demeure que Blanche, il se retirait
tous les soirs dans une Hôtellerie voisine ; et pour ne point rendre de

compte, ni même donner lieu à la
moindre curiosité, il s'y faisait passer pour un Négociant de Dublin,
que ses affaires avaient conduit en
Ecosse, et qui avait formé le projet
de s'y établir.

. Enfin, le délai fixé pour l'ouverture du coffre mystérieux qui devait éclaircir leur sort expira ; ils se
réunirent à cet effet, et ce fut Blanche
qu'on chargea de l'ouvrir ; quelle fut
leur surprise de n'y trouver que le
portrait d'une femme que le Comte
et Seymour reconnurent aussitôt
pour être celui de la Reine : ce portrait était renfermé dans un mé-
daillon de prix ; il était accompagné
d'une obligation au porteur, au

moyen de laquelle on pourrait, en
se présentant chez un Négociant d'E-
dimbourg, dont la demeure y était
indiquée, y recevoir tous les trois
mois la somme de cent cinquante
livres sterling destinée à les soutenir
honorablement, jusqu'à ce que des
circonstances plus heureuses leur per-
missent de jouir de leur fortune.
Ils ne doutèrent pas que ce ne fût
un nouveau bienfait de la Reine,
qui ne voulait néanmoins se faire
connaître qu'indirectement : ils crurent devoir respecter son secret, et
ne se permirent aucune démarche
qui fût dans le cas de le trahir.

Le Comte, qui n'avait plus de
motifs pour reculer l'exécution de

'sa promesse, et qui ne désirait pas moins que l'amoureux Lord d'assurer le bonheur de sa Pupille, s'occupa sans délai des mesures nécessaires pour terminer son mariage. Il éprouva quelques difficultés, attendu que Blanche, quoique née en Angleterre, et d'un père Anglais, ne pouvait point, par rapport à sa mère, être réputée Anglaise, et qu'en outre il était essentiel de ne la point faire connaître pour ce qu'elle était, mais il vint à bout de les lever par l'entremise d'un de ses Compatriotes, que le hasard lui fit rencontrer. Persuadé de sa discrétion, et ne doutant point des sentimens d'honneur qui ont toujours en quelque sorte été l'apanage de la Noblesse Française , il ne fit pas difficulté de s'ou= vrir à lui sur l'embarras où il se trouvait. Cet honnête Gentilhomme, qui avait été attaché au service de François II, en qualité de Chambellan, fut enchanté de pouvoir être utile à sa petite Fille. Il trouva un Prêtre Écossais, qui, après avoir rempli, autant que les circonstances pouvaient le permettre, les formalités nécessaires, bénit le mariage de Seymour et de Blanche, et ce moment, si long-temps attendu, mit le comble à la satisfaction générale.

Pendant que ces choses se passaient en Écosse, le Roi revint de son voyage, et son premier soin, à son retour à Londres, fut de s'informer des prisonniers, et surtout du Lord, dont le procès devait être terminé pendant son absence. Il devint furieux quand il apprit leur évasion, et jura la perte de tous ceux qui l'avaient pu faciliter. Les mesures avaient été prises de manière que leur sortie de la Tour paraissait avoir eu lieu en vertu d'ordres supérieurs, et qu'il était presque impossible de découvrir les auteurs de leur fuite. Il en fit néanmoins mettre aux fers le Concierge, et lui dit que si d'ici à un mois Seymour n'était pas repris, il paierait de sa tête la négligence dont il s'était rendu coupable. Il était loin de s'imaginer qu'il eût favorisé la fuite des prisonniers,

car s'il avait eu à cet égard le plus
léger soupçon, rien n'aurait été capable de le soustraire à la violence
de son courroux.

Richard trouva moyen de faire
savoir à la Reine, du fond de son
cachot, qu'elle pouvait être tranquille, et que, quand même il de-
vrait perdre la vie, il ne trahirait
point son secret. La Reine était
trop généreuse pour souffrir qu'un
homme qui lui faisait en quelque
sorte le sacrifice de sa vie, devînt
la victime de son zèle à la servir.
Touchée d'un dévouement aussi
noble, elle ne balança point sur le
parti qu'elle avait à prendre ; elle
fut trouver le Roi, dont les premiers

transports commençaient à s'appaiser, et qui, naturellement bon,
revenait assez facilement à des sentimens plus modérés, quand on avait
l'art de calmer son ressentiment,
ou qu'on lui avait laissé le temps de
l'exhaler.

« Vous désirez de connaître, lui
dit-elle avec douceur, mais avec
une fermeté noble et imposante,
ceux qui ont favorisé l'évasion du
Lord et de ses compagnons d'infortune ; votre projet même est de les
faire punir de mort ; du moins les
en avez-vous menacés dans les premiers transports de votre courroux.
Je viens remettre entre vos mains
le coupable ; c'est moi. — Vous,

Madame, répondit le Roi, surpris
de ce discours! — Moi-même; j'ai
voulu sauver votre gloire et montrer à l'Univers que vous étiez digne
de la Couronne que vous avez portée
jusqu'à ce jour si glórieusement;
j'ai voulu vous empêcher de ternir
l'éclat de votre règne par une vengeance indigne d'un Prince aussi
magnanime. — Mais Seymour est
criminel. — Je ne prétends pas le
justifier. — Il n'a pas tenu à lui
de me ravir ma Couronne pour la
faire passer sur la tête d'un imposteur que j'ai trop long-temps épar-
gné, et qui m'a contraint à force de
crimes, de le livrer à toute la sévérité des lois. — Seymour est coupable, je le sais; mais l'imposteur

a été puni, et vous devez pardonner
à ceux que l'erreur avait pu séduire.
Votre politique est maintenant d'user
de clémence ; c'est par ce moyen seul
que vous viendrez à bout de ramener les esprits égarés : la rigueur
aigrit, mais la bienfaisance enchaîne
tous les cœurs. — Ainsi, vous prétendez....... — Sauver votre gloire
d'un écueil contre lequel elle ne
pourrait qu'échouer. Au surplus,
s'il vous faut du sang pour appaiser
votre courroux, prenez le mien, je
suis prête à le répandre, et j'aurai du moins la satisfaction de mourir en vous donnant la preuve la
plus sincère de mon attachement
à votre personne auguste. Fille,
Sœur, femme de Roi, je montrerai

que je n'étais pas indigne du sang
qui m'a donné l'être. Richard est
innocent ; je vous demande sa liberté. — Votre parole me suffit pour
la lui rendre. Mais vous, Madame,
avez-vous bien réfléchi sur le péril
où vous m'exposiez, ou plutôt où
vous exposiez l'État ? — Jamais la
clémence du Souverain n'a mis un
Royaume en danger ; je vous l'ai
déjà dit : l'excessive sévérité révolte
les esprits ; la douceur les ramène.
Il viendra peut-être un jour où vous
me saurez quelque gré de la conduite que j'ai tenue ; en attendant
je remets mon sort entre vos mains :
j'ai rempli le double devoir d'E-
pouse et de Reine ; je n'ai rien à
me reprocher ; j'attends avec tran-

quillité ce qu'il vous plaira d'ordonner de moi. — Vous savez bien
que ma juste tendresse vous met
à couvert de tout mon ressentiment.
Je ne demande pas quel est l'asile
qui recèle un de mes plus cruels
ennemis. — Et vous avez raison :
ce n'est pas que je craindrais de vous
le dire, si je pouvais être assurée
que vous seul en eussiez connaissance ; je vous connais trop généreux pour abuser d'un secret que je
vous aurais confié ; mais les Rois
sont entourés de tant de gens qui
ne cherchent qu'à leur nuire, que
je vous prie de ne pas l'exiger. —
Vous le voulez, Madame : je n'ai
rien à vous refuser. — En ce cas,
vous consentez à ratifier ce que j'ai

3.   S

fa't, en m'accordant la grâce du coupable. — Non; je ne puis vous le
promettre : cette grâce ne dépend
pas de moi; mais qu'il ne mette jamais le pied sur le sol de l'Angleterre, ou la mort la plus prompte
sera le prix de son audace. Je vous
ai fait connaitre mes intentions;
j'espère qu'une autre fois vous ne
compromettrez plus votre rang : je
respecte en vous la Fille d'Edouard
et la Mère de mes enfans; mais
elle doit connaitre les bornes de son
pouvoir, et j'ose compter qu'elle ne
les franchira plus. »

Il eut à peine achevé de parler,
qu'il se retira : le silence qu'il avait
gardé à l'égard de Blanche, convain-

quit la Reine de la réalité des soupçons qu'elle avait conçus, et qu'elle
n'avait pas jugé à propos de lui laisser entrevoir. Richard fut mis le
jour même en liberté ; mais il perdit son emploi, dont la Reine, qui
sentait tout le prix du service qu'il
lui avait rendu, sut l'indemniser au-
delà même de ses espérances.

Quoique Blanche et Seymour fussent en sûreté dans le Royaume d'E-
cosse, Elisabeth cependant n'était
pas tout-à-fait tranquille sur leur
sort : elle savait que son Epoux, sans
doute, égaré par des conseils perfides, avait ordonné les recherches
les plus sévères pour découvrir le
lieu de leur retraite. Elle craignait

S 2

d'ailleurs que la paix qu'il était sur
le point de conclure avec le Roi
d'Ecosse, ne lui facilitât les moyens
de s'emparer de leurs personnes,
dans le cas où leur asile viendrait à
être découvert; elle résolut en conséquence de les faire passer sur le
Continent, où la vengeance du Roi
ne pourrait pas les atteindre. Ce fut
Richard qu'elle chargea de ses instructions à cet égard, et qui leur
porta les fonds dont ils pouvaient
avoir besoin.

Richard se hâta d'exécuter les
ordres de la Reine; et comme il n'a-
vait rien qui fût dans le cas de le
retenir en Angleterre, il se proposa
de les accompagner. Seymour et son

Épouse lui avaient trop d'obligations pour n'y pas consentir avec
joie : ils reçurent avec reconnaissance cette dernière marque des bontés de la Reine , et se disposèrent
aussitôt à se rendre en Bretagne ,
où le Comte possédait des biens assez
considérables, dans lesquels ils pourraient , en attendant des circonstances plus favorables , mener une
vie tranquille , et n'avoir rien à
craindre du ressentiment de Henri.

Ils prirent en conséquence les ar-
rangemens nécessaires pour hâter
leur départ : ce fut Richard qui se
chargea d'assurer leur passage sur
un vaisseau qui devait sous peu de
jours faire voile pour Saint-Malo.

Blanche était enceinte, et son Époux
voulait partir seul; mais elle refusa
de s'en séparer, et dit, que tel que
pût être son sort, elle était résolue
de le partager.

Tous les préparatifs étant faits,
ils quittèrent, non sans quelque regret, leur paisible retraite et s'em-
barquèrent au jour convenu. Leur
navigation fut heureuse, déjà même
ils découvraient les côtes de France;
encore quelques heures et ils étaient
à l'abri de toute poursuite; mais la
fortune, qui ne se lassait pas de les
persécuter, voulut qu'ils rencon-
trassent une frégate, contre laquelle
la faiblesse du bâtiment qu'ils mon-
taient ne permit pas de hasarder le

combat. Ils furent obligés d'amener.
Le Capitaine de la frégate, dans la
visite qu'il fit de leur vaisseau, les
reconnut d'abord ; car leur signalement avait été donné, pour que,
dans le cas où ils tenteraient de
s'échapper par mer, ils pussent être
reconnus et ramenés en Angleterre.
Il les prit en conséquence sur son
bord, où il les traita, conformément à ses instructions, avec les
plus grands égards, et fut débarquer
à Portsmouth.

Seymour supportait son sort avec
courage: quoiqu'il ne doutât pas de
celui qui l'attendait, il cherchait
à rassurer son Épouse, qui était
inconsolable, et qui, sans le fruit

qu'elle portait dans son sein, se fût peut-être portée à quelque acte violent de désespoir. A peine débarqués ils furent conduits à Londres : ils arrivèrent au moment même où le Roi se disposait à sortir pour se rendre au Parlement ; il était sur le péristyle de son Palais, en habits royaux, et la couronne en tête ; ses courtisans et ses gardes l'environnaient, et le peuple en foule en remplissait les avenues.

Dès que Henri les aperçut, la colère et la joie se manifestèrent dans ses regards : il donnait l'ordre de les conduire à la Tour, en attendant qu'il décidât de leur sort, lorsque Blanche tombant à ses pieds :

« Grâce , s'écria – t – elle , grâce ;
souvenez- vous , Sire , de l'infortunée Berthe , et pardonnez à sa
malheureuse Fille , qui implore
votre pitié. S'il vous faut une victime , épuisez sur moi tous les traits
de votre vengeance ; mais épargnez
mon Époux , et que votre courroux
retombe sur moi seule. »

Le nom de Berthe fit l'impression
la plus vive sur le cœur de Henri ;
il se troubla ; la colère s'éteignit
dans ses regards , qui parurent même
humides , et ses traits annoncèrent
qu'il se passait en lui quelque chose
d'extraordinaire. La cour , dans un
silence respectueux, attendait le ré-
sultat d'une scène aussi intéressante.

Tout à coup il descend avec préci-
pitation les degrés qui le séparaient
de sa Fille ; il la relève, la serre tendrement dans ses bras et la mouille
de ses larmes ; il fait ôter les fers
de Seymour, lui tend la main et
lui annonce qu'il lui pardonne. Le
Peuple par ses applaudissemens et
les cris répétés de *God save the
King*, lui témoigne combien il ap-
prouve sa conduite en ce moment,
qui, comme il en convint lui—
même, ne fut pas un des moins
doux de sa vie.

La Reine paraît au même instant,
et Henri s'empresse de lui présenter
Blanche en qualité de sa Fille ; elle
lui fit l'accueil le plus gracieux, et

l'embrassa avec d'autant plus de
plaisir, que ce seul mot effaçait tous
les soupçons qu'on avait voulu lui
donner sur la conduite de son Époux;
le Comte et sa femme ne furent pas
moins accueillis, et pour couronner
cette heureuse journée, le Roi reçut
la nouvelle de la paix conclue entre
lui et les puissances avec lesquelles
il était en guerre.

Henri s'empressa de ratifier le
mariage du Lord avec sa Fille, à
laquelle il donna pour apanage des
terres considérables; il y eut à cette
occasion une fête superbe dans la—
quelle il eut le bonheur de réunir
les deux partis, et de les reconcilier;
il fit publier une amnistie générale

qui ranima tous les esprits et mit un terme aux fatales divisions, qui pendant un si grand nombre d'années, avaient fait couler des flots de sang.

Quelque temps après, Blanche mit au monde une Fille, qui depuis fut Reine d'Angleterre, par son mariage avec Henri VIII, son Oncle, Fils et Successeur de Henri VII, et qui mourut en mettant au monde un Fils qui régna sous le nom d'Édouard VI, et ne laissa point de postérité. Blanche eut d'autres enfans, dont un (1) fut Régent du Royaume

(1) Édouard Seymour, Duc de Sommerset; il eut la tête tranchée en 1552,

pendant la minorité de son Neveu,
et qui périt sur l'échafaud, victime
de son ambition demesurée.

Le Comte de Rieux fut créé Lord.
Ami, confident et premier Ministre

———————

un an avant la mort d'Édouard VI,
son Neveu. Il laissa trois Filles, Anne,
Marguerite et Jeanne Seymour, qui
toutes trois s'adonnèrent à la Poé-
sie : leur principal ouvrage consiste
dans cent quatre Distiques latins, sur
la mort de Marguerite de Valois, Sœur
de François I, et Reine de Navarre.
Ces Distiques furent traduits en français, en grec, en italien, et impri-
més à Paris, en 1551, sous le titre de
*Tombeau de Marguerite de Valois,
Reine de Navarre.*

3.   T

de Henri, sans en avoir le titre, il assura la gloire et la prospérité de son règne. Les cendres de Berthe furent tirées du souterrain et déposées dans un caveau particulier de l'Abbaye de Westminster, où le Roi lui fit élever un monument.

Seymour fit inhumer pareillement, dans la sépulture de sa famille, les restes de ses Aïeux, et leur tombe fut ornée d'une épitaphe qui contenait en abrégé le récit de leur fin déplorable.

En arrivant au souterrain, le premier soin du Lord fut de se rendre sur le sommet de la montagne, où tout était à peu près dans le

même état où il l'avait laissé. Il y
trouva sa bonne nourrice, qui le
reconnut et lui fit toutes sortes de
caresses ; elle avait deux petits che-
vreaux, qui s'enfuirent à son ap-
proche. Il voulut l'emmener, et la
fit placer dans un de ses Châteaux,
où il ordonna qu'on en eût le plus
grand soin. Chaque fois qu'il s'y
rendait, elle courait après lui du
plus loin qu'elle pouvait l'apercee-
voir, et lui témoignait, par ses caresses, le plaisir qu'elle avait de le
voir.

Blanche et Seymour vécurent
long - temps heureux. Ils ne se sé-
parèrent jamais du Comte, ainsi
que de la bonne Brigitte, dont ils

T 2

fermèrent les yeux. Leur famille
subsiste encore aujourd'hui, et jouit
de l'estime générale qu'elle s'est ac-
quise par ses longs services .et les
hautes qualités qui la distinguent.

FIN DU TROISIÈME ET DERNIER
VOLUME.

www.ingramcontent.com/pod-product-compliance
Lightning Source LLC
Chambersburg PA
CBHW050354030726
47503CB00006B/1855